さよならごはんを今夜も君と

汐見夏衛

幻冬舎文庫

さよならごはんを今夜も君と

汐見夏衛

Natsue Shiomi

Contents

1章 食べたくない ……… 7

1.0 ハムエッグと無糖カフェオレ

1.1 ジャムパンとクリームパン

1.2 ドレッシングとピーナツバター

1.3 猫まんまのおにぎりと落とし卵のお味噌汁

2章 食べちゃだめ ……… 83

2.0 カレーライスとハンバーグ

2.1 バタースパゲッティとトマトスープ

2.2 巣ごもり卵と焼き椎茸

3章　食べてみたい……165

3.0　ふかし芋と豆乳おからクッキー

3.1　ポテトチップスとチョコレート

3.2　コンビニパーティー

4章　食べられない……223

4.0　クリスマスケーキとローストチキン

4.1　ホットミルクと豆腐の鮭茶漬け

4.2　ごろごろ野菜とチキンのポトフ

5章　食べてほしい……285

1章

食べたくない

1．0　ハムエッグと無糖カフェオレ

懐かしい夢を見ていた。

まだ自分の力では何もできない、幼い子どもだったころの記憶。

冷たい床にひとり座り、黙々とごはんを食べていた。

おいしいからではない、腹が減ったから、食べていた。それだけ。

目の前にあるのは、色鮮やかで華やかで美しい、でも冷えきった料理だ。

フォークを握る指先も、床をつかむ爪先も凍えて、心はもっと凍えて、いつも震えていた。

夢から覚めても、すぐには今の自分に戻れなかった。

嫌なことも悲しいことも丸ごと飲み込んで、押し込んで、ただただ膝を抱えて震えているしかない、無力で惨めな子どものまま、呆然《ぼうぜん》と虚空を見つめていた。

しばらくして、やっと我に返り、ほっとした。

ああ、そうだ。もう大人になったんだ。もうあの頃みたいな子どもじゃないんだ。

なりたかった大人になったんだ。

それなのに、あの頃の記憶は今も胸の奥底に沈殿していて、ふとした瞬間、些細《ささい》なきっかけで浮上し、大人になったはずの心を揺さぶる。

ただ空腹を埋めるため、命をつなぐためだけに無理やり喉の奥に詰め込んでいた料理の、冷たさや硬さを思い返すと、舌の上に苦みが甦《よみがえ》ってくる気がした。

「……だめだ、だめだ。思い出してもろくなことがない」

気持ちを切り替えるために、あえて口に出して呟いた。

起き抜けの声は、我ながら情けないくらいに掠《かす》れている。

「すっかり忘れたはずなのに、なんで思い出しちゃうんだろうなあ……」

自分に言い聞かせるように、わざとらしく大きな独り言をこぼした。

「ぼうっとしてるからいけないんだな。よし、朝飯を食おう」

さあ、ごはんの時間だ。

胸の奥で縮こまっている哀れな子どもに声をかけるように、心の中で囁《ささや》く。こういうときは、旨《うま》いもんを食うに限る。

寝室を出て、まだ薄暗い廊下を歩く。

今日はずいぶん早く目が覚めてしまった。夢見が悪かったせいだろう。

キッチンに入ると、たちまち気持ちが落ち着いてきた。

自分の気に入ったものを集めて、自分の力で、自分のためだけに作り上げた空間。

ここで作るのは、誰に食べてもらうわけでもなく、誰に見せるわけでもない、自分のためだけの料理だ。

なんて贅沢《ぜいたく》なんだろう。

「さて、何にしようかな」

そう呟きながら開けた炊飯器の中は、空っぽだった。そういえば昨夜、酒を飲んだあとに茶漬けを作って食べたんだったと思い出す。

まあいい、それなら今日の朝飯はパンにしよう。

たしか冷凍しておいたやつがあったはずと思い、冷凍庫の中をがさごそと探る。ひとり暮らしだと、食パン1斤《きん》は消費期限内になかなか食べきれず、余らせがちだった。それでも冷凍しておけばこういうときの非常食になるので、文明の利器様々だ。

食パンを電子レンジで解凍している間に、冷蔵庫からバターとハム、卵を取り出した。

小型のフライパンを火にかけ、バターを落とす。じゅわじゅわと小気味よい音を立てながら溶けていくバターが、甘く芳ばしい香りを漂わせる。

電子レンジから取り出した食パンを、そこに投入。溶けたバターで表面を焼く。しばらくしたら裏返す。これで、外はぱりっとかりかり、中はもっちりふわふわの、極上のトーストができあがる。

こんがり焼けた食パンを取り出したら、薄くバターの残ったフライパンに今度はハムを入れて、さっと両面を焼く。卵をそっと割り落とし、とろりと広がった透明な白身のふちが白くなってきたら、適当に水を入れる。蓋《ふた》をかぶせて、しばらく蒸す。白身の全体に火が通るのを待っている間、ハムエッグ丼もいいんだよなあ、なんて思う。

ほかほかの炊き立てごはんに、焼き立てのハムエッグをどんっとのせる。半熟に仕上げた黄身を軽く割り、そこに醬油を垂らす。そして、米と卵をぐちゃぐちゃに混ぜてしまうのだ。

お上品とは口が裂けても言えないが、そうしたほうが旨いのだ。

さて、ハムエッグも焼けた。皿にのせてナイフとフォークでお上品に食べるのもいいが、今日はそのままトーストにのせてしまう。仕上げに塩こしょうを軽く振りかける。

ハムエッグトーストの完成だ。こんなの、旨くないわけがない。

一刻も早く食べたくて、キッチンに立ったまま、がぶりとかぶりついた。

「んー、旨い！　結局こういうのがいちばん旨いんだよなあ」

これもどこぞのお上品な人間が見たら眉をひそめるような行儀の悪さなんだろうが、自分の家で自分ひとりで食う飯くらい、好きなようにやらせてほしい。

自分で作って自分で食べる、誰にも見せない料理なんて、こんなものだ。

見た目は綺麗なんかじゃなくたっていい。

そりゃ綺麗に飾られた食べ物は、目の保養にはなるが、綺麗じゃなくちゃいけないなんてことはない。

栄養バランスだって考えなくていい、気怠《けだる》い朝くらい適当にさせてくれ。そのぶん昼と夜で帳尻を合わせよう。

行儀なんてなおさら、こんなときは別に考えなくていいだろう。

飯は、とにかく、旨ければいい。それが全てだ。

自分の心と身体《からだ》が、ちゃんと旨いと感じているのなら、それが満点の食事なのだ。食事は、心と身体の栄養になるのだから。

ぬくもりに満ちた栄養が、ゆっくりと食道を落ちていき、腹の中におさまり、冷たい夢に凍えた心と身体をあたためてくれる。

「ああ、沁みる……」

思わずにやけながら、次の一口。

こぼれた卵の黄身を、パンがぐんぐん吸い込んでいく。

トースト片手にダイニングに移動して、椅子に座ろうと思ったが、ふと思い直し、ベランダにつながる掃き出し窓の前に立った。

カーテンを開け、窓を開ける。

柔らかい風が吹き込んできて、自然と深呼吸をした。

ちょうど夜が明けるところだった。

キッチンに戻り、インスタントコーヒーを少量の湯で溶かしたところに、牛乳をたっぷり注いだ。

朝は無糖のカフェオレを飲むことが多い。牛乳の栄養と、脳を目覚めさせてくれるカフェインを同時に摂取できるなんて、最高じゃないか。食事のときには甘い飲み物は個人的にあまり好まないので、砂糖は入れない。

右手にカフェオレのマグカップ、左手にトーストを持って、ベランダに出る。手すりにもたれ、朝焼けを見つめながら、黙々とパンをかじる。

朝日が昇る。

朝日を浴びる。全身に浴びる。

旨い飯が、目映《まばゆ》い光が、全身に力を漲《みなぎ》らせてくれる。

今日はどんな出会いが待っているだろう。

そう思うだけで、居ても立ってもいられないような気持ちになる。

「さて、今日も一日、頑張りますか」

今度は、自分のためではない、誰かのための料理を作るのだ。

1．1　ジャムパンとクリームパン

すっかり日が落ち、青白い街灯にぼんやりと照らし出された道を、いつものように足早に歩く。

部活が終わってすぐに学校を出ても、12月ともなると空はすっかり夜色に染まっていた。夏のうちはこの時間帯はまだ昼のように明るかったのでそれほどでもなかったけれど、こうも暗いと、どうしても気が滅入る。それなのに今から3時間も授業を受けなければいけないと思うだけで憂鬱だった。

ふう、と息をついて、でも足は緩めない。吐き出した空気が真っ白に凍って夜空に昇っていく。

高架下のトンネルを抜けようとしたとき、ちょうど真上の線路を電車が猛スピードで駆け抜けていった。ひどい轟音《ごうおん》に一瞬聴覚を奪われる。次の瞬間、ばたばたと大量の水滴が落ちてきて、私の全身に降り注いだ。

「うわ、最悪……」

思わず足を止め、濡れた頰や制服の肩をハンカチで拭《ぬぐ》いながら、ひとりごちる。

顔を上げると、太い鉄骨が組まれた上に細かい金網が張られており、その上に線路が敷かれているのが見えた。

黒ずんだ金網の網目や錆《さび》だらけの赤茶けた鉄骨の下辺《かへん》には、無数のしずくが鈴なりになっている。夕方まで降り続いていた雨の名残が、電車が通過した振動で振り落とされたのだろう。

ただの雨粒ならたいして汚いとも思わないけれど、あんな場所に長時間へばりついていた水滴は、錆や埃《ほこり》や煤《すす》をたっぷり吸い込み蓄えているような気がして、なんだか不潔に感じてしまう。

はあっと深く溜《た》め息《いき》をついて、私は再び歩き出した。急がないと遅くなる。

トンネルを抜けて左に曲がり、目的地に向かって黙々と足を動かす。

学校帰りで、こんな時間だけれど、私の向かう先は家ではなく学習塾だ。塾が入っているビルは、通っている高校から歩いて15分ほどの暁中央《あかつきちゅうおう》駅のすぐ近くにある。

学校の最寄りは中央駅の隣の暁西《あかつきにし》駅なので、西駅から中央駅まで電車を使ってもいいのだけれど、学校は両駅の中間にあるので歩けない距離ではないし、ちょうどいいタイミングの電車がないと逆に時間がかかってしまう。だから毎日こうして高校から塾へ徒歩で通っているのだった。

高架沿いの通りには、一方通行の車道と、ガードレールで仕切られた歩道がある。すれ違うのがやっとの狭い道を歩きながら、ちらりと横を見る。

中央駅と西駅をつなぐ高架橋の下には、飲食店や雑貨店、衣料品店などが肩を寄せ合うようにして並んでおり、『あかつき高架下商店街』と呼ばれている。オープンしたばかりのようなぴかぴかの店もあれば、何十年も前から続いていそうなぼろぼろの店もある。どの店もこぢんまりとしていて、新しい店でもなんとなく寂れていて、どう見ても儲《もう》かってはいなさそうだった。前を通るだけでもなんだか寂しい感じがして、私はこの道があまり好きではない。

急ぎ足で通り抜けて、商店街の端っこ、駅に最も近い位置にあるコンビニに立ち寄る。夜ごはんを調達するためだ。

買うものはいつも同じだ。菓子パンを2個と、ペットボトルのお茶を1本。きっと店員さんに『こいつ、またこの組み合わせか。毎日毎日よく飽きないな』と思われているだろう。でもこれが、導き出した最適解の夕食なのだ。

会計を終えてパンとお茶をリュックに詰め込み、コンビニを出た。腕時計で時間を確認する。18時40分、授業開始まであと20分。ちょうどいい時間に着けそうだ。

駅前のバスロータリーを抜け、タクシー乗降場所の横を通って、大通りの入り口にあるビルに入る。市内にある大学受験現役合格を目指す高校生向けの塾の中で『国公立大学の合格者が最も多い』という理由でここを選んだ。

エントランスを入ってすぐのところにある受付のスタッフさんに「こんばんは」と挨拶をして、教室に向かう。高校進学と同時に入塾してから半年以上、ほとんど毎日、週6で通っているので、もう目をつむっていても教室まで辿《たど》り着けるほどだ。

月水土は授業を受け、火木金は自習室を利用している。平日は学校のあと19時から22時まで、土曜日や祝日は朝から夕方までずっと塾で勉強する日々だ。日曜日は基本的に休みだけれど、定期テストの2週間前からは特別講習や補習が入るので実質休みなしになる。まあ、家にいたって勉強しないといけないのは同じなのだけれど。

教室に入り、最前列の、しかも教卓の真ん前の席を陣取る。やる気があることを先生にアピールするのも大事だ。それによって普段から気にかけてもらえるし、質問もしやすくなる。

リュックの中から英単語帳とパンとお茶を取り出し、机に並べる。夕食にする2個の菓子パンは、必ずジャムパンとクリームパンだ。パッケージを開けてパンを左手に持ち、右手で単語帳を広げる。頭の中で単語の発音と意味を反芻《はんすう》しながら、さっと食事を済ませるのが日課だ。

水分の乏しいぱさついたパンにかじりつき、嚙《か》みちぎり、もそもそと食べる。昼から何も食べていないけれど、とくに食欲はない。でも、食べないと頭に栄養がいかないから、頑張って食べる。授業を少しでも効率よく受けるために、もらさず理解するために栄養をとらなきゃ、という義務感のみで胃の中に食物を詰め込む。

食事というより流れ作業だ。機械的に口に運び、咀嚼《そしやく》し、飲み込んだら次の一口。その繰り返し。

ぱさぱさの生地と、どろどろのいちごジャムやカスタードクリームを、舌と上顎ですり潰すようにして、少しずつ食道に送り込んだ。飲み込んでも、粘っこい甘さがべったりと舌の上にこびりつき、膜を張ったようにいつまでも残っている感じがする。だんだん味を感じなくなる。パンによって水分を根こそぎ奪われた上に、大量の砂糖と脂にコーティングされた舌を、お茶で潤し、洗い流す。

たまには塩からいものも食べたいなと思う。コンビニで視界に入ったポテトチップスが無性に食べたくなるときもあった。

それなら菓子パンじゃなくて惣菜《そうざい》パンにでもすればいいじゃないかと思われるだろう。でも、惣菜系のパンは、上にのっている具が落ちやすかったり、中身がこぼれやすかったりで机を汚すおそれがあるし、手が汚れてべたべたになったりもするので、塾での夕食には適していない。カレーパンなんて食べた日には、衣がぽろぽろ落ちてしまって大変だ。その点、ジャムパンとクリームパンは優秀だ。しっかり中身が包まれているから安心だし、いちばん安いものを選べばジャムもクリームも全くとろとろなんかじゃなくて、どちらかというと固形に近く、こぼれ落ちる心配はない。

おにぎりという選択肢もあるけれど、海苔《のり》つきのものはパッケージを剥がすときにも食べるときにもいちいちぱりぱりと音がして、静かな教室内では気が引ける。もちろん海苔が巻かれていないものも売られているけれど、パッケージのままだとお米がぼろぼろ崩れてしまって食べにくいし、かといって素手で食べたら指が汚れる。

結果、さっと取り出してぱっと食べられる菓子パンが最適な夕食だと、半年強の塾通いで悟ったのだ。

ごみを片付けていると、廊下から足音がして、がらりとドアが開いた。

「わあ、神谷さん、今日も早いね」

にこりと笑って言ったのは、若い女性の英語講師だ。

「田辺先生、こんばんは」

私は頭を下げて挨拶をする。先生はにこりと笑って、「こんばんは、今日も頑張ろうね」と応えてくれた。

先生が教壇に上がり、授業の準備をしながら話しかけてくる。

「他の先生から聞いたけど、神谷さん、授業のない日も毎日、自習しに来てるんだって？　すごいねえ」

感心したように言われ、私は小さく首を振った。

「家で勉強すると、だらけちゃうので……」

それに、家にいても息苦しいだけだし、とはさすがに言わない。

「それにしたってすごいよ。家は近くなんだっけ？」

「あ、家は暁ケ丘《あかつきがおか》です」

「えっ、けっこう遠いじゃない。しかも、神谷さんの学校からだと遠回りだよね？

それなのに毎日来てるのかあ、本当に偉い。1年生でこんなに頑張ってるの、神谷さんくらいだよ」

「はは……そうですかね……」

私は控えめな笑みを意識しつつそう応えた。ちょうどそのとき他の塾生たちが入室してきたので、会話は終わった。

『1年生でこんなに頑張ってるの、神谷さんくらいだよ』

田辺先生の言葉が耳に甦る。

たしかに私は、一般的な高校1年生と比較すると、ずいぶん多くの時間を勉強に使っていると思う。勉強以外のことは何もしていないと言っても過言ではないくらいだ。テレビも見ないし、本も読まないし、ネットも見ない。スマホも基本的に親との連絡にしか使っていない。あとは、ごくたまに中学時代の友達からラインが来たときに簡単に返事をするくらいだ。他の人に知られたら、いったい何が楽しくて生きてるの、と言われそうな生活だった。

でも、これくらいやらなくてはいけないのだ。

なぜなら、私は、『落ちこぼれ』だから。

高校受験で、私は志望校に落ちた。受けたのは、父や姉が卒業した難関の北高校で、絶対に合格しなくてはいけなかったのに、模試でもずっとA判定だったのに、本番では落ちてしまった。

『滑り止めなど受ける必要はない。時間の無駄だし、逃げ道になって気が緩む。退路は断つべきだ』

出願の時期、お父さんがそう言ったので、北高1本で勝負していた。逃げ道も脇道も用意されていなかった。それでも落ちてしまったのだ。

まっすぐに歩んできたゴールへの道が断たれて、そばには逃げ道も脇道もなくて、私は獣道に迷い込むしかなくなった。

『高校浪人なんてみっともないじゃない。世間体が悪いわよ』

お母さんが絶望にまみれたような声色でそう言っていた。私自身も、もう一年受験生をやる気力はなかったので、定員割れで二次募集をしていた高校を受けることにした。

お父さんはもう私の進路には興味がないようだった。正規のルートを外れて勝手に遭難した娘なんて、どうでもよくなったのだろう。いや、もとからどうでもよかったのかもしれない。

二次で受けた西高校は、お父さんに言わせれば『名前を口に出すのも恥ずかしい』学校だった。

姉の秋奈は私と違って、幼いころからずっと優秀だった。北高校に合格して、在学中ずっと上位の成績をキープし、難関国立大学に現役で合格して、今は県外に出てひとり暮らしをしている。

長期休暇で帰ってくるたびに化粧や髪色が派手になっているお姉ちゃんを見て、『秋奈ったら、まったくもう……』と眉をひそめてみせながらも、お母さんはいつも嬉《うれ》しそうだった。自慢の娘なのだ。

『小春も北高を受ける予定だってママ友に話したら、姉妹揃《そろ》って優秀で羨ましい、どういう育て方をしたのって言われちゃったわ』

受験前には笑顔でそう言っていたお母さんの、私の不合格を知ったときの落胆ぶりといったらすさまじく、合格発表から丸3日寝込んだほどだった。

高校受験で挫折した私が、あの失敗を取り返すには、親からの信頼を取り戻すには、高校3年間死にものぐるいで勉強して、『恥ずかしくない』『世間体が悪くない』大学に合格するしかない。

だから私は、まだ1年生だろうが、油断せず、約2年後に迫る大学受験に向けて、今のうちから誰よりも頑張らなくてはいけないのだ。

中学のときのような失敗は、二度と繰り返したくない。

*

塾の授業は、学校の授業と比べて圧倒的に進度が速いし、密度も濃い。次々に重要な情報が提示され、理解もそこそこに次へと進んでいく。まさに息つくひまもないという感じで、1コマ受けただけで頭がパンクしそうになる。学校の6時間の授業より、塾の3時間の授業のほうが何倍もエネルギーを消費し、終わるころには毎日へとへとになっている。

今日も疲労困憊《こんぱい》の状態で塾の入っているビルを後にしてから、中央駅を素通りし、再び高架下商店街の前を通って、西駅へと向かう。自宅の最寄りである暁ヶ丘駅と、塾の最寄りの中央駅は路線が違うので、電車で帰ろうとすると西駅での乗り換えが必要だった。でも1駅だけ電車を使うのは逆に面倒なので、約20分かけて西駅まで歩いて戻ることにしている。

西駅から準急電車に乗り、３つ先の暁ヶ丘駅で降りたあと、自宅まで10分ほど歩くので、家に着くのはたいてい23時近くになる。それからお風呂に入って、学校の課題や塾の問題集を終わらせて、ベッドに入るのは日付の変わった1時すぎ。そして7時前には起きる。

毎日その繰り返しで、正直きつい。頭のてっぺんから足の先まで、常に疲れや怠さが絡みついている感じがする。

部活がなければ、もっと体力的にも時間的にも楽なのかもしれない。学校の授業が終わったあとすぐに帰宅すれば、家で少しゆっくりして、夕食をとってから塾に行くこともできるだろう。でも、部活をやめるわけにはいかない。

『大学受験で推薦を受ける場合、何かしら部活に入っていたほうがいいんですって。特に運動部で3年生まで活動したっていう実績があると有利らしいわよ』

高校入学前にお母さんからそう言われた。大学受験は絶対に失敗したくないので、推薦合格の可能性も少しでも高めておきたかった。だから私は陸上部に入り、全くやる気はないものの今まで続けている。

運動は得意じゃないし、走るのももちろん速くないけれど、バレーやバスケのような団体スポーツよりは個人競技のほうがいいだろうと考えて、陸上を選んだ。

受けるかどうかも分からない推薦入試のためだけに、好きでもないスポーツを続けるのはなかなか苦痛だけれど、志望校に落ちた私はそんな我儘《わがまま》を言える立場ではないのだ。

はあ、と気づけばまた溜め息をついていた。行きよりもっと濃い白に凍った息が、ゆらりと宙をさまよう。

寒い、と無意識の呟《つぶや》きが唇からこぼれた。12月になってから日に日に寒さが厳しくなり、塾帰りの夜道は特につらい。コートのボタンをいちばん上まできっちり留めた上にマフラーをぐるぐる巻きにしても、まだ冷たい空気が服の中に入り込んでくる。手袋をして分厚いタイツを穿《は》いていても、指先や爪先は氷のように冷たい。

街灯の下を急ぎ足で通り過ぎる。高架下商店街には居酒屋やバーも多く、夜になると酔っぱらった大人がたくさんいる。何か言われたり、何かされたりしたことがあるというわけではないけれど、酔っぱらいの雰囲気がなんだか怖くて、帰り道はいつも自然と、行き以上に早足になる。

早く駅に着きたくて、無心に足を動かしていたとき、前方からこちらへ数人の中年男性が向かってくるのに気がついた。この時間に、この場所で、スーツ姿のサラリーマンの集団ということは。嫌な予感がする。

近づいてくると、案の定かなり酔っているらしいとすぐに分かった。話し声も笑い声も大きいし、顔が真っ赤で、足取りはおぼつかない。

歩道は狭く、集団とすれ違うのはなかなか難しいし、相手が酔っぱらいなら、なおさらだ。絡まれたりしたら嫌だ、と条件反射的に恐怖にとらわれる。

一瞬の逡巡《しゅんじゅん》のち私は、道の端に身を寄せて彼らが行き過ぎるのを待つという結論を出した。歩を緩め、真横の飲食店の軒先に緊急避難させてもらおうとしたちょうどそのとき、お店のドアが開いて中から人が出てきた。

私は思わず足を止める。前にも横にも行けない状況になった。打開策を考えるひまもなく、集団とすれ違いざま、いちばん端をふらふらと歩いていたひとりと、肩がぶつかってしまった。

どんっと上半身に響く衝撃。ぶつかったおじさんが「おっ?」ととぼけた声を上げた。

軽くぶつかっただけなのに、普通に持ちこたえられると思ったのに、店の出入り口の段差に足をとられ、バランスを崩してよろけてしまった。

身体が大きく傾き、やばい、という直感に心臓が縮み上がった次の瞬間、

「おっと、危ない」

思わずこぼれたというような誰かの声が耳に飛び込んできた。同時に、ぐんと引き戻される感覚。

転びかけた私の手首を、誰かがつかんでくれたのだ。

「大丈夫？」

頭上から気遣わしげな声が降ってきた。

「あっ、はい……」

そう答えつつ顔を上げて、相手を確かめる。

私の顔を覗《のぞ》き込んでいるのは、若い男の人だった。そして、何かいい香りがする。

なんだっけ、このにおい。分からない。

彼は私から手を離して、ふっと顔を上げ、サラリーマンの集団のほうに向かって
「あのー」と声をかけた。

誰も振り向かない。彼は声の音量を上げた。

「おーい、お兄さーん」

すると、後ろのほうにいた数人が振り返った。彼からの視線を感じたのか、私とぶつかったおじさんが目を丸くして顎を突き出し、自分を指差した。

「んっ？　俺に言ってる？」

ええそうです、と彼は穏やかに微笑《ほほえ》んで軽く首を傾《かし》げる。

「あなた、この子とぶつかりましたよ」

「おお？　そうかあ？」

ええそうです、と再び笑顔のまま、でも今度は少し語気を強めて彼は頷《うなず》いた。

「そりゃ悪かったなあ。許してチョンマゲ〜なんつって」

おじさんは赤ら顔をにやけさせたまま、ふざけた調子で言った。きっと次の瞬間には綺麗《きれい》さっぱり忘れているのだろう。大人お得意の『酔っていて記憶にない』だ。

ちっ、と何かが破裂するような小さな音がした。なんの音だろう、と私は隣の彼を見上げる。

「……お酒はほどほどにお楽しみくださいねー」

にこやかに手を振りながら、平坦な調子でそう言ったあと、彼が何か小さく呟いた。

「……ったく、しょうもねえな」

と聞こえた気がした。そういえば、さっきの破裂音は、舌打ちの音に似ていた気もする。けれど、どちらも彼の顔に浮かんでいる柔和な表情とはあまりにもかけ離れた言動なので、きっと私の聞き間違いだろう。

そんなことを考えながらぼんやりと見ていたら、彼がふいにこちらへ視線を戻した。さっきまでの貼り付けたような笑みはもう消えていて、今は窺《うかが》うように私を見つめている。

「大丈夫？　どっか痛めた？」

彼が私の足下のあたりに目を落として訊《たず》ねてきた。私が不自然に硬直しているので怪我《けが》の心配をしてくれているらしいと察する。

それではっと我に返ると同時に、さあっと血の気が引く感じがした。たまたま彼の目の前でよろけたせいで迷惑をかけてしまった上に、私がぼうっとしていたせいで余計な心配までかけてしまっていることに気づいたのだ。

私は慌ててぶんぶんと首を横に振り、それから何度も頭を下げた。

「す、すいませんすいません！　大丈夫です大丈夫です！」

焦りすぎて無駄に2回ずつ繰り返してしまう。そしていちばん大事なことを言っていなかったと気づいてさらに焦る。

「あっ、あの、ありがとうございました、助けてくださって。転んじゃうところでした」

いえいえ、と彼が少し首を傾けた。優しげに目を細めてふんわりと微笑んでいる。これは素の笑い方だという気がした。

「というか、俺が急に出てきたから邪魔になっちゃって、あの人たちを避けられなかったんだよね？　こっちこそごめんね」

そう手を合わせて謝ってくれるので、いえいえ、と今度は私が首を振った。

「この道、狭いもんなあ。夜は酔っぱらいも多いしね」

「そうですね……」

「まあ、あの人たちも、飲まなきゃやってられないんだろうけどね」

「そうですね……」

あ、しまった、同じ相槌《あいづち》ばかり。後悔したけれど、もう遅い。

普段ほとんど他人と話さない生活をしているから、こういうときにコミュニケーション能力の低さが露呈して嫌になる。

学校で行われた「社会について知ろう」という講演で、講師の人が『これからの時代、社会人として最も重視され、必要とされる力は、コミュニケーション能力です』と言っていた。なにそれ、と悲しくなったのでよく覚えている。

コミュニケーション能力なんて、生まれつきのものじゃないか。そんな育てようも磨きようもない、努力ではどうにもならない類いの力がいちばん重要だとは。なんて残酷な世界なんだ。その力に恵まれなかった人間は、生まれながらに負け組だということか。勉強なら頑張れば頑張っただけ成果が得られるのだから、学力こそ努力の証《あかし》として評価してくれればいいのに。ああ、そうか、社会では努力よりも才能のほうが結局大事ということか。それなら、これまでとこれからの私の頑張りは、全てまるっきり無駄ということになる。

あのとき、そんな非情な現実を突きつけられて、底なし沼の前に立たされたような気持ちになって呆然とした。でも、とりあえず今の私には大学に合格するという最優先事項があるので、先のことに対する懸念は封印することにしたのだった。

それでも、ときどきこうやって、将来への不安がひょっこりと顔を出してきて、暗闇から私を見つめてくる。隙を見つけて向こう側に引きずり込もうとしてくる。

ふいに視線を感じて現実に引き戻された。目の前に立つ人が、軽く首を傾けて私をじっと見ている。自分の考えの中に沈み込んでいたので、彼の存在をすっかり忘れていた。

互いに見つめ合うだけの、微妙な沈黙が流れる。

じゃあ失礼します、と口にしようとした瞬間、彼がにこっと人懐こい笑みを浮かべ、

「挨拶がまだだったね」と言った。

「初めまして、こんばんは」

丁寧に挨拶されて、私は戸惑いながら応じる。

「えっ、あ、……初めまして、こんばんは……」

なんだか不思議な雰囲気の人だ。思わずまじまじと観察する。

年はお姉ちゃんとそれほど変わらないように見えるので、20代前半くらいだろうか。男性にしては少し長めの髪を、頭の後ろで無造作に束ねている。ぱりっとしたオフホワイトのシャツと、腰に巻かれたダークブラウンのカフェエプロンが、すらりとした

長身にとてもよく似合っていた。

私はすっと視線をずらして、彼が出てきた店をちらりと見る。エプロン姿ということは、彼はここの店員さんなのだろう。

小さな店だ。漆喰《しっくい》塗りの白い壁に、小窓、黒っぽい木製のドア。それらを、あたたかいオレンジ色の照明が柔らかく包んでいる。小窓の向こうには、カウンターと厨房《ちゅうぼう》らしきものが見えた。飲食店のようだ。

こんなお店、あったかな。毎日通っているのに、気がつかなかった。ああ、でも、ここを通るとき私は、行きも帰りも常に急いでいて、1軒1軒どんな店なのかじっくり見るような気持ちの余裕はない。

「よかったら何か食べていく？」

「……えっ？」

唐突に問われて、私は目を丸くした。それから、どきりとする。もしかして、迷惑をかけたから、お詫《わ》びに食事をしていけということだろうか。

彼は、そんなことを考えているふうには見えない穏やかな微笑みを浮かべているけれど、表情と本音は必ずしも対応しているとは限らない。そう考えると、その笑顔も無言の圧力のように思えてくる。

私はそろりと首を巡らし、再び店に目を向けた。ドアの横に小さな看板がかかっている。シンプルな白地に黒い文字で書かれた、店名らしきもの。一瞬、お食事処、と書いてあると思ったけれど、よく見たら違った。

『お夜食処あさひ』

おやしょくどころ。耳馴染《なじ》みのない言葉だった。夜食専門の店ということだろうか。居酒屋と何が違うのだろう。店構えは落ち着いたおしゃれな印象で、居酒屋というよりはカフェとかレストランという言葉のほうがしっくりきそうだった。

私の家はほとんど外食をしないし、用事の帰りなどにたまに外食してもチェーン店ばかりなので、こういう個人経営ふうの飲食店の相場は全く分からない。

でも、外観の雰囲気からして、なんだか高そうだ。頭が真っ白になった。

「……す、すみません」

私はそろそろと視線を戻し、震える声でしどろもどろに答える。

「あの、私、お金、あんまり、持ってなくて……1000円とかで足りますか？」

趣味もなく、友達と遊びにいくこともなく、通学定期で西駅と暁ヶ丘駅を行き来するだけの生活を送っている私の財布には、いつも最低限のお金しか入っていない。

はらはらしながら顔色を窺うと、彼は一瞬目を見開いて、それからぶはっと噴き出した。

「んなわけないじゃん！」

おかしそうに言い、ひいひい笑いながらお腹《なか》を抱えている。遠慮もへったくれもない、心から楽しそうな笑い方だった。突然の砕けた口調にも驚かされ、私は唖然《あぜん》と彼を見上げることしかできない。

ひとしきり笑った彼は、ふう、と息をつき、少し改まった調子で、涙の滲《にじ》む目をぬぐいながら言った。

「ご心配なく。もちろん、ご馳走《ちそう》するってことだよ。これも何かの縁だと思って、うちのお夜食、食べていってよ」

私はさらに唖然とした。ご馳走してもらう理由が全く分からない。

「え、なんで……？」

眉をひそめて訊ね返すと、彼は軽く眉を上げて私の顔をじっと見て、

「腹が減ってそうな顔してるから」

と、にっこり笑った。

私は一瞬黙り、すぐに「いえ」と首を横に振る。

「減ってません。夜ごはん、ちゃんと食べたんで……せっかくですけどすみません、大丈夫です」

ありがとうございました失礼します、と早口で告げながら頭を下げ、私は逃げるようにその場を離れた。

去り際、またあの香りがした。

何かあたたかくて柔らかいものにふんわりと優しく包み込まれるような、なぜか泣きたくなるような香り。

今夜の帰り道の高架沿い通りは、なんだかいつもと全然違って見えた。

＊

なるべく大きな音がしないように、玄関の鍵をそっと鍵穴に差し込み、ゆっくりと回す。

ここのマンションには高齢者や小さな子どもがいる家も多い。時間が時間なので、帰宅するときは鍵ひとつ開けるにしても近所迷惑にならないように気を遣う。

玄関のドアを開くと、いつものように廊下の照明は消えていて、薄暗かった。奥のリビングにつながるドアだけが、ぼんやりと明るい。靴を脱いで、階下の部屋に足音が響かないように、そろそろと廊下を歩く。

「ただいま……」

リビングのドアを開けて声をかける。お母さんはソファに座って夜のニュース番組を見ていた。

「……ああ、おかえり」

ぼんやりとした目線だけがちらりとこちらを見て、また画面に戻っていった。

今日は帰り道でイレギュラーな出来事があったので、電車を1本逃してしまい、普段より20分ほど帰宅が遅くなった。そのことでお母さんから何か言われるかもしれないと、帰る道すがら言い訳を考えていたけれど、特に何も言われずに済みそうだ。ほっとする反面、なんとも言えない虚《むな》しさも感じてしまう。

軽く頭を振って、洗面所に向かった。手を洗い、うがいをして、靴下を脱ぎ洗濯かごにいれる。

喉の渇きを覚え、リビングのほうへ戻ってキッチンに入った。冷蔵庫から取り出したばかりのお茶は、冬の夜に飲むには冷えすぎているので、口の中でしばらく体温と馴染ませてから、ゆっくりと少しずつ喉に流し込む。

飲み終えたコップをシンクに置くと、お母さんがテレビを消してこちらへやって来た。近づくと、お風呂上がりのにおいがする。

「お母さん、もう寝るから。それ、自分で洗っておいてね」

「あ、うん」

綺麗好き、というか少し潔癖症ぎみなお母さんは、キッチンに洗い物が残ったままで就寝するのを極端に嫌う。もしも朝起きたときに調理台やシンクに何か置いてあったりすると、とたんに不機嫌になるので、言われなくても洗うつもりだった。だから、わざわざ念を押されたことに、もやっとしないと言えば嘘《うそ》になる。でもここで口ごたえをして険悪になるのも嫌なので、黙って頷いた。

「洗っとくよ。おやすみなさい」

「おやすみ」

お母さんがリビングの照明のスイッチを切り、廊下の奥へと消えていった。

今年の春ごろから、お母さんは更年期で毎日熱っぽくて怠い、頭や肩も痛いと言い、毎晩23時にはベッドに入るようになった。毎朝6時前には起きて洗濯や掃除をしているようなので、早く寝るのは仕方がないだろう。

そう頭では分かっているけれど、私が帰宅してすぐに逃げるように寝室に入っていく背中を見ると、なんだか避けられているような、同じ空間にいたくないと思われているような気がしてしまう。理由はもちろん、私が『落ちこぼれ』だから。お父さんが残業や出張ばかりでほとんど家に帰ってこないのも、同じ理由なんじゃないか。

被害妄想だろうか。でも以前は、特にお姉ちゃんがいたころは、こんなふうじゃなかった。家の中はこんなに薄暗くなかったし、こんなに静かでもなかった。私が高校受験に失敗したころから、どんどん変わっていったような気がする。家族と顔を合わせる時間が、どんどん減っている。

朝食にはパンやおにぎりが置いてあるだけで、それだってお母さんは私と一緒には食べないし、学校に持っていくお弁当が用意されていないことも多い。代わりに、お姉ちゃんが高校生だったときには毎朝お弁当が置かれていたキッチンカウンターの上に、500円玉がひとつだけ置かれている。そういう日の昼ごはんは、朝コンビニで買っていくか、学校の購買で買うかだ。

『お母さんも年齢的に身体がしんどいし、ひとり分だけ作るのは逆に手間もお金もかかるのよね。買ったほうが手軽だし安上がりだから……』

というような理由を告げられたけれど、それはあくまでも建前で、本音は他にあるんじゃないかと邪推してしまう。

やっぱり、私が、落ちこぼれだから？　もう見放されているから？

私はキッチンにひとり佇《たたず》み、ゆっくりと首を巡らせる。

調理道具も食器もカトラリーもしっかりと片付けられ、シンクは水滴ひとつ残さず拭き取られて、まるでモデルルームを見ているようだ。

洗面所に行くと、洗濯物は全てきちんと畳まれて所定の場所におさめられていて、気軽に触れてはいけないような、洗濯かごに汚れ物を入れるのすら申し訳ないような気持ちになる。

乱さないように、汚さないように、そっとタオルを抜きとって、お風呂に入った。

家中どこもしんとしていて、家具も家電もすべて仕事を終えて休息しているように思えた。何もかもが静かに眠っている。

夜遅くに帰宅したとき、家のそこここに漂っているこの空気、一日が終わった、というこの感じが、私は苦手だった。なんにも始まっていないのに、何もかも終わってしまったような気がする。

自分でもおかしいと思う。毎日朝早くから夜遅くまで、へとへとになるまで勉強しているのに、なぜ、一日なんにもしていないような錯覚に陥ってしまうのだろう。

眠りにつく直前、ふと思い出した。

夜食屋さんから出てきた彼の周りに漂っていた、あのなんとも言えない好《い》い香りの正体。

そうだ、あれは、だしの香りだ。

キッチンに立って、昆布や鰹節《かつおぶし》でだしをとっていたお母さんの後ろ姿が、ふっと目に浮かんだ。

もう手の届かないほど遥《はる》か彼方《かなた》へ遠ざかってしまった気がする、あの背中。

1.2　ドレッシングとピーナツバター

朝はいつも、全身にへばりついたガムテープを引き剝がすような気持ちで、ベッドから起き上がる。ふとんのぬくもりから離れるのが、本当につらい。

私は小さいころから朝が苦手で、寝起きが悪い。その上、もうずっと満足に寝られない日々が続いているので、すっきりと目が覚めることなんて皆無だ。

でも、起き出すのが遅くなるとお母さんに怒られるので、眠りの世界への未練を必死に断ち切って、自室を出る。

トイレで用を足し、洗面所で顔を洗い、部屋で着替えてリビングに行く。お母さんはベランダで洗濯物を干していた。

ダイニングテーブルにつき、並べてある朝食に手をつける。トーストとレタス2枚とヨーグルト。

ぼんやりとレタスにドレッシングをかけていると、「ちょっと、小春!」とお母さんの声が聞こえてきた。洗濯かごを持ってベランダから戻ってきたお母さんが、眉根を寄せてこちらを軽く睨《にら》んでいる。

「かけすぎよ！　身体に悪いからやめなさい」

「あ、ごめんなさい……」

慌てて手を止め、ドレッシングの蓋を閉めた。

お母さんが奥の部屋に行ったのを確かめて、ピーナツバターの瓶を手に取る。スプーン山盛りにすくって、パンに塗りつける。本当はもう1杯分くらい足したいところだけれど、ばれたら大変なので我慢した。

最近は普通にドレッシングをかけたりピーナツバターを塗ったりしただけでは、味も香りも薄くて、食べられたものではない。だから、これまでの倍以上の量を使うようになっていた。もちろん、お母さんに見つからないように、こそこそと隠れてだ。

でも今日はぼうっとしていて、警戒を怠っていた。

分厚くピーナツバターを塗ったトーストにかじりつく。ドレッシングでずぶずぶになったレタスを口に押し込む。

でも、やっぱり――味がしない。まずい。

このところ、ずっとこうだ。何を食べても味がぼんやりしていて、嫌なにおいと苦さばかりが口に残る。そういう不快なにおいを消すために、塩味や甘みを強くしてしまう。

何を食べても、おいしいと思えない。肉や魚は、とにかく血腥《ちなまぐさ》いゴムを噛んでいるような感覚。卵も、特に生や半熟だと生臭さが際立って吐き気がする。お米は味もにおいもほとんど感じないので食べられなくはないけれど、具のないパンはスポンジを貪っているような気分になる。チーズは脂っこい石鹸《せっけん》をかじっているような、レタスやキャベツは口の中に冷たい藁《わら》を詰め込まれたような気分だ。おいしいなんて思えるわけがない、ただの苦行だ。

正直、食べたくない。何も食べたくない。そもそもお腹が空《す》いていない。

でも、用意された食事を残すわけにはいかないから、なんとか飲み込む。

今年の夏ごろ——食べ物の味が分からなくなったばかりのころのことだ。特に朝は眠気もあって食べるのがつらくて、無理に食べると胃がむかむかしてきて吐きそうだった。一度、どうしてもつらくなり、正直に『もう食べられない』と言った。するとお母さんは眉間に深くしわを寄せた。

『朝ごはんはいちばん大事なのよ、一日の活力になるんだから。特に学生は脳を目覚めさせるためにもしっかり食べなきゃ。たしかに小春は昔から朝が弱かったけど、起きてすぐは食べられないって分かってるんだから、もっと早く寝て早く起きるようにすればいいじゃない』

『でも、勉強が、終わらなくて……』

『要領が悪いんじゃないの。お姉ちゃんは部活も生徒会もやって、ピアノとお習字も続けてたけど、ちゃんとやれてたんだから。あなただってできるはずよ。計画的に効率よく勉強を進めればいいのよ』

『うん……頑張る』

効率よく、要領よく。それはそうだ、そうできればいい、私だってそうしたいとは思う。でも、じゃあどうやったら要領がよくなるのかは、誰も教えてくれない。大人たちは、勉強しなさいとは言うけれど、どうやったら頭がよくなるのかは教えてくれない。何もかも犠牲にしてたくさん時間を使って勉強すれば誰でも賢くなるわけではない、ということは、身をもって実感している。

そもそも要領のよさって生まれつきなんじゃ、と思う。それなら私は一生要領よくなんて生きられないということだ。

人生あと60年？　いや、現在の平均寿命を考えれば、あと70年はあるのか。なんて長い、なんて遠い道のりだろう。考えただけで疲れる。

どんな山より高い壁が目の前に立ちはだかり、私の視界を塞いでいる気がした。

＊

なるべく目立たないように、気づかれないように、肩を縮めてこそこそと教室に入る。

自分の席に辿り着いたら、教科書とノートを取り出し、昨晩済ませておいた今日の授業の予習を見直す。朝のホームルームが始まるまで、ずっとそうしている。

学校では、基本的に誰ともしゃべらない。トイレに行く以外で席を立つこともない。そのまま授業が始まり、終わって休み時間になり、また始まって終わっていく。

休み時間になると、クラスメイトたちは友達とのおしゃべりに興じたり、連れ立ってトイレに行ったり、一緒にお菓子を食べたりスマホで動画を観たり、手鏡を覗き込んで化粧や髪型を整えたりする。西高は商業系の学校で、男女の割合は女子のほうが多いので、中学のころよりずっと華やかで賑《にぎ》やかな雰囲気だ。

めまぐるしく動く世界の片隅で、私だけが教科書を広げて微動だにせず、深く俯《うつむ》いて椅子に座ったまま過ごす。まるで置物だ。

ここでは大学進学を希望する生徒はかなりの少数派で、ほとんどの人は専門学校への進学か、高卒での就職を希望している。それもあってか、学校は勉強する場所ではなく、交友や部活動に勤しむ場所だという認識でいる生徒が多いようだった。

そんな中でひとり寸暇を惜しんでがりがりと勉強している私は、まぎれもなく異端者だった。周囲から白い目で見られるのは当然だ。

ただ、高校生ともなると、その場所における標準とは違うという理由だけでいじめたりする人はいないらしい。みんな、そんなことより、友達とおしゃべりをしたり、おしゃれに気を遣ったり、恋人との仲を深めたりするのに忙しそうで、誰も私などには関心を払わない。

高校生でよかったと思う。もしも中学生のころにこの状況だったら、私はいじめの恰好《かっこう》の標的になっていただろう。

休み時間、自分の周りで交わされる会話を、聞くともなく聞いている。勉強をしていても、自然と耳に入ってくるのだ。

話題は多岐にわたる。放課後や週末の遊びの計画、好きな人や彼氏のことなど恋愛の話、SNSでの流行、好きな芸能人にまつわること。特に夏ごろからは、アルバイトの話題をよく聞くようになった。西高校では申請して許可さえとればアルバイトをすることは認められている。みんな、私と同い年なのに、仕事をしてお金をもらっているのだ。すごいなあと思う。きっとコンビニでレジ打ちや品出しをしたり、ファミレスで注文をとったり料理を運んだりしているのだろう。

テレビもネットも見ずに一日中勉強ばかりしている私には、どれも、あまりに無縁な話題だった。そのたび、自分ひとりだけが違う次元に生きているような錯覚に陥る。

たまに、小学校の教室の片隅に置いてあった花瓶を思い出す。あれはたしか3年生のときだった。

その花瓶は、もとは美しい純白だったのだろうけど、私と出会ったときにはすでに日焼けして黄ばんで、全体的に薄汚れていて、少しひびも入っていた。誰がどう見ても、ごみ同然だった。

小学校の教室のうしろにはロッカーがあって、その上には学級文庫やプリントや落とし物が雑然と散らばっていた。そしてそのいちばん端っこ、掃除用具入れの陰になって全く目立たない場所に、花瓶は一年間放置されていた。

私の知るかぎり、誰もそれに注意を払うことはなかった。もちろん花が生けられたことはなく、それどころか誰かに触れられたことさえなく、ずっと埃をかぶっていた。いつからそこに置かれていたのか、いったい誰が置いたのか、何のために置かれていたのか、最後まで分からなかった。クラスの誰も、担任の先生すら、学校に花なんて持ってこなかったし、わざわざ花瓶に飾るために草花を摘んでくるような人もいなかった。誰もそれを必要としていなかった。

それでも花瓶は、遥か昔からなんの意味もなくそこに置かれていたような顔をして、そこに在った。

なんの役にも立たず、かといって邪魔になるほどの存在感もなく、誰にも目を向けられることなく、教室に花瓶があることすら忘れられているかのように、ひっそりとそこに佇んでいた、哀れな虚しい花瓶。

私はあれと同じだ。

クラスの誰も、私を私として認識していない。もしも私が学校を休んでも、あるいは学校をやめても、この席が空席になっていることを誰も気にかけないだろう。

6時間目の授業が終わり、清掃が終わり、ホームルームも終わった。今日も誰とも話さなかった。

*

更衣室で運動着に着替え、グラウンドに向かう。陸上部の練習に参加するためだ。校舎の中は人がたくさんいるからか、それほど寒さは感じないけれど、外に出たとたん、切りつけるように冷たい風が吹いてくる。

思わず足を止め、はあっと吐き出した息が、一瞬で白い煙になる。上にはおったジャージのジッパーを顎先までぴっちりと上げる。それでも冷気はあらゆる隙間から忍び込んできた。ぶるりと身震いをして、再び足を踏み出す。

グラウンドの入り口あたりで、2年生の先輩たちが集団になって座り込み、楽しそうに笑い合いながらシューズの紐《ひも》を結んだり、ストレッチをしたりしていた。

「こんにちは」

先輩に会ったときの、お決まりの挨拶をする。でも、返事も、視線を向けられることもなかった。たぶん私の声が小さすぎて聞こえなかったのだろう。いや、無視されたのかもしれない。確かめる手段はない。

走るのなんて全く得意でも好きでもないのに陸上部に所属している私は、部内では教室以上に浮いていて、むしろ疎まれてさえいることを自覚していた。

陸上部はさほど活動的な部ではなく、顧問もたまに顔を出すくらいだ。部員は毎日ゆるゆると集まってきて、それぞれに走ったり跳んだり投げたり、好きなことをしている。みんな、熱心に練習している時間より、友達と楽しそうにおしゃべりをしている時間のほうが長い。もちろん私にはおしゃべりをする相手はいないので、いつもグラウンドの隅っこで黙々と走り込みをしているけれど。

私にとっては引退までしっかり運動部員として活動していたという実績こそが大事なので、平日の練習を休んだことは一度もない。ただ、塾があるので、練習のあとは超特急で片付けをしたらすぐに着替えて学校を出るし、土曜の練習はいつも塾を理由に休むし、もちろん大会にも出られない。そのことは入部するときに顧問の先生には伝えてあった。定年退職目前の温和な先生は、にこにこしながら『はいはい、了解』

と言ってくれたけれど、部員たちはそういかない。

『あいつ、なんで陸部《りくぶ》に入ったんだろ』

『やる気ないならやめればいいのに』

『目障りなやつ』

さすがに面と向かって言われたことはないけれど、おそらくそんなふうに思われているだろう。もし逆の立場だったら私だってそう思う。

教室では、息を殺していれば、忘れ去られた花瓶のように存在を消してしまえるのに、部活となるとそうはいかないのがつらい。私のような異端者は、どうしたって空気を乱し、雰囲気を壊し、みんなの邪魔になってしまう。


部活が終わる18時には、すでに空は暗くなっている。

暗くなると、わけもなく『早くしなきゃ』という焦りが湧き上がってくる。

集まっておしゃべりをしている同級生たちを横目に、大急ぎで自分の分担の片付けを終わらせて、グラウンド脇のプレハブ更衣室に駆け込んだ。

どの部活にもいちおう部室はあるけれど、狭くて部員全員は入れないので、着替えたり荷物を置いたりするのに部室を使えるのは上級生だけだ。それで、屋外で活動する部の1年生は全員更衣室を使うことになっている。バスケ部やバレー部の人たちは体育館の更衣室を使っているようだ。屋外競技は野球部やサッカー部が中心で、ここを使うのは陸上部とテニス部の女子部員だけだった。それでも、なるべく同じ空間にいるのは避けたい。少しでも邪魔にならずに生きたい。

だから他の人たちが戻ってくる前に、と急いで着替え、荷物を持って更衣室を出る。学校を出る前に用を足しておこうと、壁1枚で隣接しているトイレに入った。

個室から出て洗面台の前に立ったとき、隣の更衣室に集団が入ってくる気配がした。トイレと更衣室を仕切る壁の上のほうに通気口があって、音が響いてくるのだ。

話し声から、陸上部の1年生たちだと分かる。同じ部活で同じ学年だけれど、もちろん話したことはない。戻ってくるのがいつもより早い。やはり冬が深まり寒さが厳しくなってきたからだろうか。

なんとなく存在を察知されたくなくて、水音を立てることに戸惑いを覚え、蛇口をひねろうとしていた手を止める。結果、図らずもこっそり聞き耳を立てているような状況になってしまった。

彼女たちはあたりに憚《はばか》ることのない大声でおしゃべりをしている。中でも、先日行われた2学期の期末テストで赤点をとってしまい、冬休みに追試を受けないといけないという愚痴の声が大きかった。

「テストといえばさあ、あの子」

ふいにひとりの声色が変わり、「あの子」という言葉が耳に飛び込んできた瞬間、私はどきりとした。もっと厳密に言えば、ひやりとした。彼女たちが「あの子」と呼ぶ存在に、心当たりがあった。

「え？　あの神谷とかいう子？」

そうそう、と誰かが答える。次はぞわりとした。背筋が寒くなる。

「いつも全教科満点らしいよ」

ああ、嫌な話題だ。きっとこれ以上は聞かないほうがいい、聞いてもいいことなんかない。分かっているけれど、私ははりつけにされたように動けない。

「ずーっと学年1位なんだって」

死にものぐるいで勉強している甲斐《かい》あって、高校のテストでは、常に満点をとれるわけではないけれど、めったに点を落とすことはなかった。進学校ではないからか学業面では厳しくなく、定期テストでも基本的に複雑な応用問題は出題されないので、暗記してきたことを解答用紙に書くだけでいいからだ。

でも、学校という場所においては、学業成績がいいというのは別に手放しに称賛される理由にはならないし、場合によっては疎まれる原因にすらなる。だから、こういうふうに話題に上るのは、すごく不安だった。

固唾《かたず》を呑《の》んで事の成り行きを窺っていると、

「へえ、すっご」

誰かが感心したように言ってくれた。よかった、これなら意外と悪い流れにはならないかも、とほっとしたのも束《つか》の間。

「あー、だからあんなツンツンした感じなんだ」

合点がいったというような声に私は、うわあ、と叫んで耳を塞ぎたくなった。やっぱりそういうふうに思われているのかと、現実を突きつけられて胸が苦しくなる。

「うちらみたいなバカとしゃべるの時間の無駄、みたいな？」

きゃはは、っと楽しげな笑い声が重なり合う。

「それな。なんか、自分はこいつらとは違うとか思ってそう」

「なんで陸部入ってるのかマジで謎だよね」

「せめて普通に話すならいいけどさ、あんな話しかけるなオーラ出されたら、こっちもどうすればいいか分かんないよね」

違います、誤解です、むしろ逆です。

そう大声で弁解しながら更衣室に飛び込みたい。

だって、あなたたちは私なんかと話しても1ミリも面白くないだろうし、そもそも話が合わないだろうし、あなたたちにとっては苦痛でしかないと思うから、私のほうから話しかけるつもりになんてなれなかっただけで……。

きっと一生口に出すことのない言い訳が、頭の中でぐるぐる回っていた。

たしかに私はあの人たちとは色々な意味で違うし、別の次元に生きていると思うけれど、どちらが上か下か、どちらがいいか悪いかなんて分からない。

少なくとも私には、放課後一緒にカフェに行ったりごはんを食べにいったりする友達がいて、お互いにいちばん好きだと認め合った恋人がいて、休みの日に仲良く買い物に出かけたり部活の大会に応援に来てくれたりする親がいるあの人たちのほうが、ずっとずっと充実していて幸せそうに見える。

私は唇を噛んで、物音を立てないように細心の注意を払いながら、忍び足でトイレを出た。

「早く消えてくれないかなー」

去り際に、そんな声が聞こえたような気がした。

外は、寒かった。震えが止まらないくらい、寒かった。

まるで雪の中に埋まってしまったかのように全身が凍えて、芯まで冷えきって、少しも思うように動けなくて、自分の身体じゃないみたいだった。

1．3　猫まんまのおにぎりと落とし卵のお味噌汁

塾へと向かう道を歩く。

一刻も早く学校から離れたくて、いつも以上に早足で歩いていたのに、高架下のトンネルが見えてきたころ、ずんと足が重くなった。

いつもよりずっと緩い足取りで、高架沿いの歩道をとぼとぼと歩く。急がなきゃいけないと思うのに、どうしても足が重い。

妙に明るく楽しげなメロディが流れているなあと思い、しばらくして、そうか、もうすぐクリスマスなんだと気がついた。あまりにも無縁なのですっかり忘れていた。

少し目を上げて音楽のもとを辿ってみて、街灯の柱にとりつけられたスピーカーを見つけた。周りには赤や緑や金色のきらきらとした飾りつけが施されている。

思わず逸らした視線がうろうろとさまよい、脇の商店街に吸い寄せられた。歩くスピードが遅いので、自然と店を見つめる恰好になる。

毎日往復している道なのに、こんな店があったんだ、といちいち新鮮な驚きを覚え

た。こんなにちゃんとひとつひとつの店を見たのは初めてだった。

こういうのは何屋さんと呼べばいいのだろう、薬は売っていない小さなドラッグストアというような、ティッシュ類や洗剤、シャンプーやゴミ袋などの日用品が所狭しと置かれた昔ながらのお店。奥のほうで店番らしいお婆《ばあ》さんがテレビを見ている。

隣は金物屋と書いてある。店頭に並べられている鍋や束子《たわし》はうっすら埃をかぶっていた。きっと何年もずっと同じ場所に同じように置かれているのだろう。もはや売り物というより博物館の展示品のようだった。

その隣はレコード屋さん。レトロなデザインのジャケットが壁一面に飾られている。試聴できます、と書かれた紙が貼ってあった。レコードってちゃんと聴けるんだ、と驚く。実用品ではなく骨董品《こっとうひん》かインテリア用品だと思っていた。私はCDの使い方も分からないくらいなのに、今はネットで探せばどんな曲でもすぐに聴けるのに、それでもわざわざレコードを買って音楽を聴く人がいるんだな、としみじみ思う。

若者向けらしい雰囲気で都会のど真ん中にあってもおかしくなさそうなおしゃれなカフェもあれば、お年寄りが何時間も居座ってホットコーヒーを飲んでいそうな渋い純喫茶もある。

やけに派手な模様と派手な色の服ばかりの、目玉が飛び出しそうなくらい高価な値札がついた服屋さんもあれば、学生のお小遣いでも買えそうな手頃な価格の服や小物雑貨の並ぶ可愛《かわい》らしい店もある。

飲食店はまさにこれから営業開始という雰囲気だったけれど、その他のお店はすでに閉まっている、あるいは店じまいを始めている様子だった。

……何してるんだろう、私。ふと我に返る。

急がなきゃいけないのに。早くコンビニに行ってパンとお茶を買って、塾に行かなきゃいけないのに。もっともっと勉強しないといけないのに。

それくらいしなきゃ、信頼を、愛情を、期待を、希望を、取り戻せないのに。

まだまだ足りないのに。

それなのに、分かっているのに、どうして私は、こんなふうにぼんやりと商店街を眺めながら呑気《のんき》に歩いているのだろう。

その店の前で、私の足は自然と止まった。

そんなつもりは少しもなかったのに、完全に動けなくなった。

『お夜食処あさひ』

普通に歩いていたら見落としてしまいそうな、手のひらほどの小さな看板。これでもかというほど細くて小さな文字で書かれた店名。あえて覗き込まないかぎり店の中がほとんど見えない小さな窓。

お店なのだから、なるべく目を引いてお客さんに気づいてもらわないといけないはずなのに、なぜだか、なるべく目立たないよう、目立たないようにしているのではないかとすら思える。

よく見ると、ドアノブに小さな黒板のボードが掛かっていて、

『学生さん　ワンコイン』

と白いチョークで書かれていた。ワンコインということは500円の定食か何かなのかと思ったら、文字の下には100円玉の絵が描いてあって、目を疑った。

見間違いかと思い、瞬《まばた》きをしてもう一度確かめたけれど、やっぱり『100』だ。

それでちゃんと採算がとれるのだろうか。100円なんて、コンビニのパンだって買えない。レストランではドリンクすら頼めないだろう。

そんなことを考えていたら、ふいにドアが動いた。あっと驚いて逃げる間もなく、

「こんばんは」

少し笑いを含んだような、柔らかい声が降ってきた。

私は目を見開いて顔を上げる。昨日助けてくれた男の人が、にこやかに私を見下ろしていた。今日も白いシャツにエプロン姿だ。

「いらっしゃいませ」

そう言われて、はっとする。店の前に立っていたから、お客さんだと思われているのだ。

「……あっ、いえ、あの……」

反射的に首を横に振る。

「えと、すみません、違います、今から塾に行くので……」

塾、という言葉を発するとき、なぜか声がかすれてしまった。思わず目を背ける。

彼は何も言わなかった。少しして、「あのね」と静かに口を開く。

「この店が見えるってことは、君はこの店に入るべき人間だってことだよ」

「え……？」

彼の言葉の意味が分からなくて、私は小さく首を傾げる。彼は目を細めてふふっと笑った。

「この店には不思議な力があってね、ここで食事をする必要のない人の目には映らないんだ。今、君の目に見えてるってことは、君はこの店に呼ばれてるんだ。君の心と身体が、この店の料理を求めている。だから、君は今夜、ここでお夜食を食べるべきなんだよ」

聞けば聞くほど意味が分からない。そんな、ジブリのアニメに出てくる不思議なお店みたいなことが？

「本当に……？」

ああ、そういえば、私は小さいころ、ジブリのアニメが大好きだった。ふいに思い出した。

特にお気に入りの作品は、ストーリー展開も映像もセリフも全て覚えてしまうほど、何度も何度も繰り返し再生した。

あの大好きだった映画を、もう何年観ていないだろう。

思えば、たしかにこの商店街の雑多でノスタルジックな雰囲気も、このお店の独特の静かな空気感も、どこかあの映画の世界観に通じている気がする。

この店に入る必要がある人の目にだけ映るお店。

ここの料理を食べるべきお客さんを呼ぶお店。

そんな非現実的なことなどあるわけがない。もう高校生なのだから、幼いころに夢見たような幻想的で不思議な世界など、どこにもないことは分かっている。

でも、頭では分かっていても、私を見つめる彼の瞳があまりに澄んでいてまっすぐだから、静かに語りかける声があまりに柔らかくて優しいから、もしかしたら本当なのかもしれないと思ってしまう。

「いや、嘘に決まってるじゃん！」

おかしそうな笑い声に、私の思考は遮られた。

突然のことに啞然として見上げると、彼はお腹を抱えてけらけら笑いながら、

「嘘だよ、冗談。ごめんね」

と涙目で謝ってくる。

私はぽかんと彼を見つめた。

「……なんのために、そんな嘘……」

「いや、特に意味はないけど」

彼が目尻を拭いながらあっさり答えるので、私はさらに混乱する。

「なんというか、往年の名作ファンタジー的な、ここから素敵な物語が始まりそうなわくわく感を、ちょっと演出してみようかなと」

「…………」

とうとう言葉を失った私に、彼は今度はにこりと笑って言った。

「ごくごくフツーの夜食屋だけど、よかったらなんか食べていってよ。ここに書いてあるとおり、学生さんはどれだけ食べても100円ぽっきりだから。さらに言うと、お店に呼ばれたお客さん限定で、初回無料になっております」

そう言って彼は、少し芝居がかった仕草でドアを大きく開ける。

「さあ、どうぞお気軽にお立ち寄りください」

店の中へと誘うように、彼がすっと手を伸ばした。

目の前のドアが開いた瞬間、また、あの優しいおだしの香りが漂ってきた。同時に流れ出してきた、あたたかい空気に全身を包まれる。

こんなことをしている場合じゃない、早く塾に行かなきゃ遅刻してしまうと思っているのに、私の足は勝手に動き、入り口をくぐった。

さっきまであんなに重かった足が、嘘みたいに軽くとんとんと地面を蹴る。

まるで心と身体がばらばらになったようだった。

ふいに、分かってしまった。

ああ、私、塾に行きたくなかったんだ。だから、足が重かったんだ。

そして私は今、現実逃避をしている。

馬鹿だなあ、私。そんなことしたって現実は変わらないのに。現実から逃げられるわけがないのに。

喉の奥から込み上げてきた、嘲るような笑いが、冷えた頬を歪《ゆが》ませるのを感じた。

＊

「どうぞ、そこ座って」

朝日と名乗った彼は、カウンター席の真ん中あたりを示してそう言った。

私が椅子に腰かけるのを見届けると、朝日さんはレジ台の横のカウンタードアをすり抜けて、厨房の中に入っていった。奥のシンクで手を洗いながら、ちらりとこちらを向いて横顔で訊ねてくる。

「嫌いな食べ物とかある？」

私は軽く首を振った。

「いえ、なんでも食べられます」

「おお、素晴らしい」

感心感心、と言われて、また頬がいびつに引きつってしまう。悟られないように、慌てて俯いた。

うちでは好き嫌いなんて許されなかった。苦手な食べ物を残したらお母さんに叱られ、お父さんから『皿が空になるまで部屋に入るな』と怒られてベランダに閉め出されたこともあった。だから、子どものころからどんなに嫌いな味でも苦手な食感でも、息を止めて感覚を殺して、必死に我慢して口に詰め込んでいた。そうしたら、いつの間にか食べられないものはなくなっていたのだ。

それを褒められても、正直、複雑な気持ちでしかない。

「食物アレルギーは？」

重ねて訊ねられ、私の思考は過去の記憶から現実に戻ってきた。少し顔を上げて、首を横に振る。

「ありません」

「ん、了解」

朝日さんが厨房の中で手際よく動き始めた。あまりじろじろ見るのも失礼かなと思い、さりげない感じで周囲に視線を巡らせる。

高架下のお店に入ったのは初めてだったけれど、思った以上に狭い。そして、天井が低い。思いきりジャンプすれば手が届きそうだ。さほど奥行きもなく、簡単に店全体を見渡すことができる。

カウンターに3席、ふたりがけのテーブルがふたつと、4人がけがひとつ。

インテリアは全て木目調のダークブラウンで統一されていて、シックで落ち着いた印象だ。インテリアといっても、あるのはテーブルと椅子と傘立てくらいで、余計な飾りや置物などは何もない、とてもシンプルな内装だった。

他の客はいない。いくら平日とはいえちょうど夕飯時であるはずの時間帯にこの状況となると、やっぱりそれほど繁盛していないのではと思う。それなのに本当にワンコインでいいのだろうか。赤の他人ながら、勝手に心配になってくる。

ときどき頭上を電車が通り過ぎていく。すると振動で店全体が小刻みに揺れ、轟音で全ての音がかき消される。

視界の端で、朝日さんがしゃがみ込み、カウンター下のとびらを開けて何かを取り出し、また立ち上がった。

そういえば、注文を聞かれていない。そもそも店内にメニュー表らしきものがない。カウンターにもテーブルにも置かれていないし、壁に貼り出されてもいない。

本当にお店なんだろうか、という疑念がふいに浮かんできた。もしかして、お店のふりをして、学生を騙《だま》して誘拐しているとか。そんな荒唐無稽な想像をしてしまう。

でも、朝日さんはたしかに何か料理を作っているようだ。今はこちらに背を向けて奥のガスレンジの前に立っている。慣れた手つきで小鍋を火にかけ、何かを入れて玉《たま》杓子《じゃくし》でかき混ぜる。くるりと身体を反転させて今度はこちらを向く。キッチンカウンターの上に小ぶりのガラスボウルを出して、杓文字《しゃもじ》のようなもので何か白いものをさくさくと混ぜている。

終始無言で、でもとても明るく朗らかな表情を浮かべて、厨房の中を軽やかに動き回る。鼻歌すら聞こえてきそうな楽しげな様子だった。

それを見ていると、一瞬でも疑ってしまったことが申し訳なくなってきた。メニューのないお店だって世の中にはあるのだろう。

かちゃかちゃ、とんとん、かしゃん、こつん。

料理の音だ。もうずいぶん長い間聞いていなかったので、ひどく懐かしい感じがする。

私は目を閉じ、耳を澄ました。

「はい、一丁上がり」

朝日さんの声と同時に、ことんと音がした。

私は瞼《まぶた》を上げる。目の前のカウンターに置かれたものを見つめる。

白くて平べったいお皿の上に、白くて丸っこい三角形。

つやつやとしたお米が、光を反射して輝いている。わずかに立ち昇る湯気。

「――おにぎり」

思わず呟く。同時に、ぐう、とお腹が大きな音を立てる。

「あ……」

恥ずかしさにかあっと頬を赤らめた私に、朝日さんは「ありがとう」と嬉しそうに言った。

「料理人にとって最高の拍手喝采だ」

邪気のない笑顔を向けられて、私は顔の熱さを感じつつも、「どうも」と小さく応えた。

どうぞ、とおしぼりを出してくれたので、受け取って丹念に手を拭く。

「こちら、猫まんまのおにぎりです。さあ、召し上がれ」

私はほとんど無意識に手を伸ばした。

握りたてのおにぎり。あったかい。

芯まで冷えていた身体が、おにぎりに触れた指先からじんわりと溶けていく。

よく見るとただの白ごはんではなくて、何か茶色い細かいものが交じっているようだった。

顔を近づけてみる。いい香りがする。ああ、鰹節だ。なんて優しい香りだろう。

「猫まんまって、地方によって色々あるらしいんだけど、うちの猫まんまは、ごはんに鰹節をひとつまみと、醤油《しょうゆ》をほんのちょっと垂らして、さっくり混ぜるやつ」

ああ、だから、ちょっと薄茶色をしているんだ。その色が、なんとも目に優しくてあたたかい。

口を開いて、三角形のてっぺんに歯を当てる。

あったかい。

一口分かじりとって、ゆっくりと噛んだ。

優しい塩み。お米が柔らかく舌に馴染み、鰹節と醬油の香りがふわりと鼻に抜ける。

強張《こわば》って歪んでいた頬が、ほぐれて緩んでいくのを感じる。

気がつくと、頬が濡れていた。泣きながら、噛みしめる。涙が止まらない。

おにぎりにかぶりついてぽろぽろと涙を流すなんて、それこそどこかのアニメ映画みたいだ。

「……おいしいです」

一口目を存分に味わって飲み下し、私は朝日さんを見つめて言った。

「そりゃよかった」

朝日さんは柔らかく目を細め、穏やかに微笑んだ。

もう一口、もう一口。噛みしめるたび、飲み込むたび、身体が少しずつあたたまっていく。食べれば食べるほどに、不思議とどんどんお腹が減ってくる。空腹感というものを久しぶりに思い出した。

食欲は止まらず、あっという間に食べきってしまった。

「もういっこ食べる？」

「いただきます」

即答すると、朝日さんが嬉しそうにからからと笑った。

「了解。お茶でも飲んで待ってて」

そう言ってあたたかいお茶を出してくれた。湯呑《ゆの》みを両手で包み込む。熱すぎず、ぬるくもない、最適な温度。

彼がふたつ目のおにぎりを作ってくれている間に、ゆっくりとお茶を飲む。

そのうち、店に入る直前、わずかに輪郭をあらわした気持ちが、今はもう見て見ぬふりなどできないくらいにくっきりと形を成してきた。

私は、もう塾に行きたくない。もう勉強したくない。甘ったるい菓子パンだけの夜ごはんを食べたくない。

音もなくしんしんと降り積もった雪が、ある瞬間、何かのきっかけで唐突に雪崩を起こすように、これまでに積み上げてきた全てが耐えきれなくなってしまった。

もう嫌だ。全部、全部、嫌だ。今の自分に、今の生き方に、嫌気が差した。

過去を清算するためだけに生きるのが、つらい。

よりよい未来のためだけに生きるのが、苦しい。

もっと現在《いま》を生きたい。

「はい、もう一丁」

カウンターに置かれたおにぎりの皿と、もうひとつ、お椀《わん》。

覗き込んで、お味噌汁《みそしる》だと分かった。わかめもねぎも入っていないおつゆの中に、何か白くて丸っこいものがどおんと鎮座している。さらに覗き込んでみて、半熟卵だと分かった。

「落とし卵の味噌汁だよ」

「落とし卵……」

「味噌汁に生卵を割り入れて、軽く煮込むだけ」

これ使って、とれんげを渡された。私はふわふわと湯気の立ち昇る味噌汁に目を奪われたまま、ありがとうございますと受け取る。

緩く固まった白身にそっとれんげを差し入れると、中からオレンジ色の黄身がとろりと流れ出してきた。

「おいしそう！」

思わず叫んだ。朝日さんが「おいしいぞー」と笑いを含んだ声で応える。

れんげで卵を軽くけずりとり、大きく開けた口の中に入れる。

熱い。はふはふと口の中に空気を送り込みながら、咀嚼する。

「おいしい！」

ただの卵なのに、ただのお味噌汁なのに、こんなにおいしいなんて。

そして、すごくすごくあたたかい。身体が内側から熱を取り戻していくのが分かる。

ああ、食べ物って、あったかいんだ。食べるって、あったかいんだ。

頭のてっぺんから手足の指の先まで、冷えきって凍えていた身体の全部が、みるみるうちにあたたまっていく。

夢中になって卵を食べ尽くしたころを見計らって、朝日さんが声をかけてきた。

「もうひとつの猫まんま、知ってる？」

「え？」

知らないです、と首を横に振ると、彼はいたずらっぽく笑って、お箸でおにぎりをつかんだ。

「味噌汁に米をぶち込む！」

えいやっ、というかけ声とともに、おにぎりをお椀の中に放り込む。お米がほろほろとほぐれていく。私は思わず「あっ」と声を上げてしまった。こんな食べ方は一度もしたことがない。朝日さんがにやりと笑う。

「これやると行儀悪いって怒るオトナも多いけどさ、やっぱ旨いんだよ。米と味噌汁が合わないわけないじゃん、なあ？」

彼はお椀の中で汁とおにぎりをざくざくと混ぜ、「ほい」と私の前に差し出した。

お味噌汁の中に溶け出していた卵の黄身とお米が絡み合って、ものすごくおいしそうだ。

おつゆとお米と卵をバランスよくれんげですくい上げ、はふっと口に含んだ瞬間、ずっとずっと昔、風邪《かぜ》を引いたときに、お母さんが作ってくれたおじやを思い出した。

また、ぼろぼろと涙がこぼれる。自分の意思では止められない。

鼻水まで出てきてしまって、私はずびずびいいながら朝日さんに苦笑いを向けた。

「すみません……泣いちゃって……」

「そうかそうか、泣いちゃうくらいおいしいってことか。料理人冥利に尽きるねえ」

おどけた調子で言ったあと、朝日さんが、ふっと微笑んだ。

「泣きな、泣きな。遠慮なく」

私は何度も瞬きをして彼を見上げる。

「思いっきり泣けばいい。今まで我慢してたもの、全部全部涙で洗い流して、空っぽにして、そこにうまいもんぶち込めば、勝手に元気が出てくるよ」

その声があまりにも優しくて、さらに涙が止まらなくなってしまう。

「はい……はい」

私は泣きながら、食べながら、大きく頷いて笑った。

降り積もった雪が、ほろほろと溶けていく。

*

「また食べにきてもいいですか」

食事を終えて席を立ったとき、厨房から見送りに出てきてくれた朝日さんに、私はそう訊ねた。

「もちろん。見ての通り、この時間はたいてい閑古鳥が鳴いてるから」

朝日さんがからりと笑って言う。

「こんなにおいしいのに」

思わず呟くと、彼は少し目を見開き、それからはっと笑い声を上げた。

「朝8時から夜10時までやってるから、いつでもおいで。いちおう昼の2時から4時までは休憩時間ってことになってるけど、まあ、来てくれたら開けるから」

私は思わず首を傾げた。

「ここ、お夜食のお店なんですよね」

「うん」と朝日さんが頷く。

「なのに朝から営業してるんですか？」

「そうだよ」

当たり前のように彼は答えた。

「……じゃあ、なんで『お夜食処』って名前にしたんですか？」

正直な疑問を口にした私に、「それ、よく訊《き》かれる」と彼が笑う。

「まあ、これは俺の個人的な見解なんだけど……」

私は黙って頷き、続きを待つ。

「この世でいちばんあったかくて優しい食事は、『夜食』だと思うから」

朝日さんは、夜空の向こうに目を向けて、遥か昔に思いを馳《は》せるように言った。

「だから、『お夜食屋さん』をやりたかったんだ、俺は」

私は無意識にお腹に手を当てた。

この中におさまった夜ごはん。

『この世でいちばんあったかくて優しい食事』

本当にその通りだと思った。凍えていた心も身体も、芯からぽかぽかあたたまった。

そのとき、出入り口近くの壁に貼られたチラシが目に入った。

相変わらず、なるべく目立たないようにしているとしか思えない、小さな紙と小さな文字。

『アルバイト募集中』

それを見た瞬間、ぱんっと頭の中で何かが弾けた。

世界に虹色の光が飛び散る。

「……あの！」

朝日さんに向き合って、ぴしりと姿勢を正した。彼が「ん？」と首を傾げる。

私は胸いっぱいに空気を吸い込み、がばっと頭を下げて、ぽかぽかにあたたまったお腹の底から、精一杯の大声を出した。

「ここで働かせてください！」


さあ、今日もまた夜が始まる。

私の本当の夜は、これからだ。

窓の向こうに見える夜の世界は、色とりどりの明かりできらきらと輝いていた。

2
章

食べちゃだめ

2．0　カレーライスとハンバーグ

「やっぱーい、めっちゃ太ったー！」

　休み時間、隣の席の小林さんが、取り巻きのふたりに向かって叫んでいる。

「最近お菓子食べすぎだわ、絶対。そろそろ本気で痩せなきゃ！」

　わたしはちらりと隣に視線を送り、彼女のしゅっと尖《とが》った顎や、服の上からでも分かるほっそりとした腕や、信じられないほど薄っぺらいお腹や、スカートのすそからすらりと伸びた脚を見る。先生にばれない程度の茶色に染め、天然パーマだと言い張って綺麗に巻いた髪や、その下にこっそりと開いているピアスホールも、誰が見てもカースト最上位の彼女には、よく似合っている。

「えー、どこが？　りりか、めっちゃ細いじゃん」

「そうだよー、りりかが太ってるとか言い出したら、うちらただのデブじゃん」

　取り巻きふたりが声を揃えて反論する。小林さんは「いやマジでお腹とかやばいんだって！」と笑いながら、セーラー服とインナーのすそをめくり上げ、白くてぺちゃんこの腹部をさらけ出した。

「ほら見て、ぷよっぷよ！」

そう言ってお腹の肉をつまんで見せる。もちろん、紙ですか？　というくらい薄いお肉しかつまめていない。それは肉というより皮だよ、とつっこみを入れたくなる。わたしのを見せてあげたいくらいだ。いや、もし本当に見られたら軽く死ねるけど。

彼女たちはきゃははと笑い声を上げ、「見せんな！」「へんたい！」「ごめんって！」と楽しそうにじゃれ合っている。

いいなあ。３人とも、太っているとか痩せているとかを笑いのネタにできるようなスタイルをしていて、いいなあ。そう思わずにはいられなかった。

体形にコンプレックスがあると、自分のことにせよ他人のことにせよ、絶対にそういう部分を話のネタにはできない、というか、なるべく話題にしたくない。

太っちゃった。痩せたい。そういうのは、痩せている子にしか言えないセリフだと思う。むしろ「全然太ってないよ」と言ってもらい、自分のスタイルがいいこと、自分が可愛くて綺麗だということを確かめるために口にしている言葉なんだろう。もしも相手から「たしかにめっちゃ太ったね、痩せたほうがいいよ」と返されたら、どんな顔をするんだろうか。

ふうっと息を吐いて、視線を戻す。俯いた視界に、机の上にのっているぽちゃっとした腕や、ぽっこりと膨らんだお腹や、スカートの上から見ても分かる丸っこい太ももが飛び込んできて、ひっと悲鳴を上げそうになった。

再び隣を盗み見る。同じ制服を着ているはずなのに、どうしてこんなにも違うのだろう。わたしが着ているとものすごく田舎《いなか》くさくてださい服に見えるのに、小林さんのようにスタイルのいい人が着ているとすごくおしゃれに見えるのだ。

無意識のうちに、はあっと深い溜め息をついた。

わたしは、物心ついたころからずっと、太っている。幼稚園のころの写真を見ると、まるでぱんぱんに膨らませた風船みたいなぷくぷくほっぺをしていて、親戚のおじちゃん、おばちゃんからは、マシュマロちゃんと呼ばれていた。

小学校高学年のころ、ぐんぐん身長が伸びた時期に、横の成長が追いつかなかったのか多少ほっそりしたことはあったけれど、それでも痩せてはいなかった。

これまでずっと平均体重より重くて、常に普通よりぽっちゃりしていて、つまり、人生で一度も痩せていたことがないのだ。

特に中学生になってからは身長があまり伸びなくなって、食べたら食べただけ体重が増えるようになった。中2になった今年の6月の身体測定で、過去最高の数値を叩き出してしまったので、これではいけないと自分を奮い立たせた。

痩せたい。一度でいいから痩せて、今よりほんの少しでいいから可愛く綺麗な自分になりたい。

「若葉ちゃん、トイレ行こ」

ふいに声をかけられて顔を上げると、クラスでいちばん仲良しで、いつも一緒に行動している結衣ちゃんが立っていた。

正直、小林さんたちの話を真横で聞いているのはかなりいたたまれなかったので、助かった。わたしは「行こ行こ」と満面の笑みで立ち上がる。

明らかに本物のデブのわたしの横で、彼女たちはどういうつもりでデブトークをしているのだろう。もしかして、遠回しにわたしのことディスってる？　彼女たちに嫌われるようなことをした覚えはないけれど、わたしのようななんの取り柄もないカースト下位の人間は、生きてそこに存在しているだけで馬鹿にされやすい。だから、被害妄想かもしれないけれど、間接的に悪口を言われているのではないかと警戒してしまうのだ。

「今日めっちゃ寒いねえ」

冷え切った廊下に出たとたん、結衣ちゃんが寒そうに震え、薄い肩を竦《すく》めた。

彼女は手も脚も胴体も、折れそうなくらいに細い。びっくりするほど少食で、ほんのちょっとの量でお腹いっぱいになってしまうらしく、すぐに手が止まる。小学校のころはいつも給食を食べきれず、担任の先生が厳しくて完食しないといけないときは、泣きながら口の中に詰め込み、トイレで吐いてしまったこともあると言っていた。

そんな彼女だから、当然、太るわけがない。彼女自身はわたしとは逆の意味で体形にコンプレックスがあるらしく、痩せているとか細いとか言われると悲しそうに笑うので、わたしは触れないようにしているけれど、本当は、羨ましい。ほんのちょっとの量でお腹いっぱいになれる胃も、風が吹いたら飛ばされそうな華奢《きやしや》な身体も、心底羨ましい。わたしも一度くらいそんなスタイルになってみたい。

もしもわたしが「痩せたくてダイエット中なんだよね」と打ち明けたら、結衣ちゃんはどんな顔をするだろう。

結衣ちゃんは優しいから困るだろうな。「うんうん、さすがに痩せたほうがいいよ」

と言いたいだろうけど、口に出して肯定するわけにはいかないし。かといって、どう見たって痩せたほうがいいわたしに対して「痩せる必要ないよ」なんて否定したら誰が聞いても社交辞令だし。貴重な友達である彼女を、そんなことで困らせたくはない。だから、痩せたいなんて言わない。

というか、ダイエットをしていることは、誰にも言っていない。太っていることを気にしているのだと思われたくないからだ。できれば、普通に暮らしていたら自然に痩せたと思われたい。

我ながら自意識過剰だけれど、それが本心だった。

*

「あっ、青木さんだ！　ばいばーい」

部活を終えて下校しようと校門を出たとき、うしろから声をかけられて、どきりとした。同じクラスの早川くんの声だ。

どきどきしながら振り向くと、予想通りそこには爽やかな笑顔でこちらに手を振る早川くんがいた。わたしは高鳴る鼓動に動揺しつつもなんとか笑みを浮かべ、「ばいばい」と手を振り返した。

野球部のキャプテンで、足が速くて、かっこよくて、頭もいい。しかも性格も明るくて、誰とでも気さくに話す。どう見たって住む世界の違うわたしなんかにも、こうやって気軽に挨拶をしてくれる。

だからというわけではないけれど、別に好きとかでもないんだけれど、なんとなく、いつも見てしまう。どこかにいないかなと気にしてしまう。

早川くんは野球部の男子たちと5、6人ほどの集団で楽しそうに話しながら歩いていた。わたしは道の端に寄り、かばんの中のものを探すふりをして、集団をやり過ごす。そして彼らの少しうしろについて歩き出した。

ちょっとストーカーっぽいかな。でも、うしろに早川くんがいると思うと緊張してうまく歩けない。うしろからこっそり見ているほうがいい。

しばらく歩いて、通学路の途中にあるコンビニの前を通りかかったとき、楽しげな笑い声が聞こえてきたので目を向けると、店先に同じ中学の制服を着た女子の集団がいた。中心にいるのは小林さんだ。それと他のクラスの、よりすぐりのギャルっぽい女子たち。

集まっておしゃべりをしているのだろうと思ったけれど、それだけではなかった。コンビニで買ったらしいお菓子を食べているのだ。アイスクリーム、ポテトチップス、チョコレート、グミ。あらゆるお菓子が常備されている家で育ったわたしは、パッケージを見るだけでそれが何なのか分かってしまう。

早川くんが彼女たちに気づいて、「あっ」と声を上げる。それから大声で言った。

「おい小林、買い食いすんなよ！」

早川くんと小林さんは、去年から同じクラスで、仲がいいのだ。

彼の声に気づいた小林さんが振り向き、ぱっと笑顔になった。

「はあ？　うっさい、黙れ早川！」

言葉の内容に全く合わない、嬉しそうな笑顔だ。そのほかの女子たちも、きゃははと笑い合いながら早川くんたちのほうを見ている。

「先生にチクっちゃおっかなー」

サイテー、と言いつつも、小林さんはやっぱり笑っている。コンビニの明かりに照らし出された顔が、なんとなく、いつもより赤いような気がする。

わたしは早川くんに視線を戻す。彼も、いつもよりさらにくしゃりとした笑顔を浮かべていた。周りの野球部男子たちは、心なしかにやにやしている。

もしかして、両片想いってやつなのかな。しかも周囲も公認の。自分の考えに、ぎゅうっと胸の奥が苦しくなった。

わたしはぐっと下唇を噛んで、早足で彼らを一気に追い越し、そのまま家に向かって猛然と歩き続けた。

家に辿り着き、かばんのポケットから鍵を取り出して、玄関のドアを開ける。

家の中は真っ暗で、すぐに照明のスイッチを押した。

お母さんはいない。今日は夜勤なので、すでに家を出ているのだ。

看護師として働いているお母さんは、夜勤の日は翌朝まで帰ってこない。わたしが小学生のときまでは昼しか働いていなかったけれど、中学生になってからは週に3日は夜勤をするようになった。

「若葉もしっかりしてきて手が離れたし、安心して留守番させられるようになったから、これまで免除してもらって他の人に負担かけてたぶん、もりもり夜勤に入らなきゃね」

と言って張り切っている。それでも最初のころは、夜にわたしをひとりにするのが不安だったらしく火の元や戸締まりについてうるさいくらいに言われていたけれど、わたしからしたら、もう子どもじゃないからひとりでも平気だし、むしろお母さんがいない夜は羽を伸ばせるのでけっこう快適だった。

ちなみに、うちにはお父さんはいない。わたしが幼稚園のころに病気で亡くなった。それからずっとお母さんとふたり暮らしだ。

荷物を部屋に置き、とりあえずリビングに向かって電気をつけると、テーブルの上に置かれた夜ごはんがまっさきに目に入った。お母さんは、夜勤の日はいつも夕方にごはんを作って食べ、わたしの分を用意してから出勤する。

わたしはテーブルに近寄り、お皿の中身を確かめて、思わず溜め息をついた。てんこもりのハンバーグカレーだ。

「もう……はあ……」

またこんな太りそうな料理を。

昨日の夜、ごはんを食べながら、「カレーってカロリーやばいらしいよ」とお母さんに話した。『だからあんまり作らないでほしい』というつもりで言ったのに、お母さんは「へえ、そうなの?」と目を丸くして、それから「カレーって聞いたらなんか食べたくなってきた。明日はカレーにしようかな」と言い出した。

まさかと思っていたけれど、そのまさかで、今日のメニューはカレー。しかもわざわざ特大のハンバーグまでのせて、さらにカロリーを追加してあるなんて。泣きたくなる。

お母さんには、わたしの気持ちが分からないのだ。分かろうともしていない。

ちなみに昨日はエビフライとコロッケだった。その前はしょうが焼き、餃子《ぎょうざ》とチャーハン、唐揚げ……。嫌がらせかと思うほどに、お母さんは高カロリーなものばかり作る。

半年前から、何度もお母さんに「痩せたいからごはんを減らして」と言っている。

でもそのたびにお母さんは、

「女の子は思春期は太るものなの。20歳くらいになったら自然としゅっとしてくるって。ま、おばさんになったらまた太るんだけどね、お母さんみたいに。あははっ!」

と二重顎をさらに分厚くしながら豪快に笑う。それを見るたび、わたしはさらにダイエットへの思いを強くする。

お母さんもいちおう医療関係の仕事をしているんだから、健康に気を遣ってもっとヘルシーなごはんを作ればいいのに。そんな思いから、一度、「身体のために、お母さんもちょっとカロリー抑えたほうがいいんじゃない？」と言ってみた。そうすれば必然的にわたしもヘルシーな食生活を送れると思ったのだ。でも、返ってきたのは、期待していたのとは正反対の言葉だった。

「お母さんは仕事中ずっと動き回ってるから、しっかり食べなきゃ倒れちゃうもの。若葉も成長期なんだからしっかり食べなきゃだめ！　大人になってから病気して後悔しても遅いんだから」

それを言われると、反論できなくなる。

お父さんは若いころから食が細く、痩せていて、風邪などもひきやすかったらしい。お母さんは、お父さんが病気になったのは栄養が足りなくて体力がなかったからだと思っているようだった。

でも、わたしは、大人になって病気をすることよりも、今太っていることのほうがずっとずっと嫌なのだ。

だから、ダイエットしたいと本気で言っているのに、お母さんはいつもいつも冗談みたいに受け流して、そして、食卓には連日、高カロリーなメニューが並ぶ。ままならない。親のすねをかじっている子どもには、ダイエットをする自由すらないのだ。

だから、できる範囲で、自力で痩せるしかなかった。

まずはじめに、とにかくおやつを食べないことにした。どうしても食べたいときは、せんべいだとかまんじゅうだとか、少しでもヘルシーそうなものにする。大好きなポテチやチョコレートも、もう3ヶ月以上食べていない。

それでも、思ったほど痩せなかった。死ぬほど我慢していても、体重はゆるやかにしか落ちない。不思議だった。

だから先月からは、おやつだけでなく三度の食事も減らすことにした。

お母さんが早番ですでに出勤している日の朝ごはんは、食べない。わたしはそんなに朝はお腹が減らないほうなので、お昼まで我慢できるのだ。

ただ、食料が減っていないとあやしまれるので、食パンを1枚家から持ち出し、近所の野良《のら》猫にあげる。わたしは摂取カロリーを抑えられるし、猫たちはお腹いっぱいになれるし、一石二鳥だ。

昼は学校の給食なので、できるだけ量の少ないものを選んで取る。本当は残したいけれど、「デブのくせに残してる、ダイエット？」などと思われたり笑われたりしたら最悪なので、できないのがつらい。

お母さんが夜勤でいない日は夜ごはんを減らす。本当は夜ごはん抜きにしたいけれど、さすがにお腹が空いて耐えられなくて、これも、お母さんにばれないように量を少しずつ減らした。夜勤じゃない日には、お母さんの目を盗んでこっそり減らす技も身につけた。

すると、みるみるうちに体重が落ちていった。半年前と比べてもう3キロは減ったし、頑張って数口しか食べなかった翌日は、調子がよければマイナス5キロを叩き出すこともある。思った以上に順調だった。

どんどん減っていく数字を見るのが気持ちいい。

今日も帰宅してすぐ、制服を脱いで下着1枚になり、どきどきしながら体重計に乗った。

昨夜も今朝もほとんど食べなかったから、かなり減っているんじゃないか。

「――よっしゃ、最高記録！」

体重計に表示された数字を見て、思わずガッツポーズをした。小学6年生のころの体重に戻った。「いや、最高記録じゃなくて最低記録か」と自分につっこみを入れる。嬉しすぎて浮かれている。

でも、次の瞬間、鏡に映った自分の身体、ぽってりとしたお腹や二の腕を見て、喜びはしゅるしゅるとしぼんだ。現実から目を背け、急いで部屋着で覆い隠す。

早川くんと小林さんが親しげに話していた姿が、ふっと思い浮かんだ。すらりとしたスタイルの美男美女。

なんでだよ、と思わずにはいられない。なんでこんなに必死に食事制限をしているわたしより、あんな高カロリーなお菓子を夕食前にばくばく食べている彼女のほうが痩せているんだろう。食べても太らない体質ってやつか。

ずるい。羨ましい。悔しい。苦しい。虚しい。色々な感情で心の中がぐちゃぐちゃになる。

わたしも、小林さんみたいに痩せて可愛くなったら、早川くんにもっと話しかけてもらえるだろうか……。

よし、と決意した。

今日は、食べない。一口も食べない。夜ごはん抜きにする。そうしたら、明日はさらに記録更新できるはずだ。明日体重計に乗るのが、今から楽しみだった。そう思えば、お腹が空いていることすら喜びになる。空腹感は快感だ。わたしはさっそくカレー皿を手に取り、台所に向かった。まずはハンバーグを別の皿によける。

これは、お腹がいっぱいで食べられなかったことにして冷蔵庫に戻しておこう。たぶんお母さんが明日の朝帰ってきてから食べるだろう。

次に、ルーのかかっていない部分の白ごはんをスプーンで念入りにすくって、炊飯器の中に戻す。それからルーの部分をすくって鍋に戻す。

残ったのは、ルーとごはんが混ざり合っている部分。これは炊飯器にも鍋にも戻せない。手のひら1杯分くらいの量があった。

いいにおいがする。カレーってどうしてこんなに食欲をそそるにおいをしているんだろう。これだけの量ならたいして太らないだろうし食べちゃおうかな、と一瞬思ったけれど、誘惑を必死に振り払った。食べちゃだめ。今日は食べないって決めたんだから。自分に負けるな。

さてどうやって証拠隠滅しようかと考えていたとき、ふと、ごみ箱に目が向いた。

……捨ててしまおうか。いや、でも、さすがにそれは……。

しばらく悩んで、冷凍しておこう、と決めた。冷凍庫の奥のほうに隠しておいて、いつか晴れて痩せることができたあかつきには、これを解凍して食べよう。そうすれば食べ物を粗末にしたことにはならない。

わたしはラップを取り出し、ルーのかかったごはんをのせ、なるべく小さく目立たなくするために、ぎゅっときつく包んだ。触れると、まだあたたかい。冷めてから冷凍庫に入れようと、キッチンカウンターの上に置いた。

よし、これでＯＫ。

今夜はもう何も食べない。絶対に食べない。

そう固く決意した……はずだったのに。


「おなかすいたー……」

気がつくとそう呟いていてしまっていた。

食べちゃだめ、食べちゃだめ、食べちゃだめ。

お腹が空いたってことは、今まさに痩せていってるってことだ。今が踏ん張りどきだ。我慢、我慢。

どんなに言い聞かせても、食べたいという欲望は次から次へと湧き上がってくる。何度はたき落としても、見て見ぬふりでやり過ごしても、しつこいくらいに纏《まと》わりついてくる。

お風呂上がりにぼんやり流し見ていたテレビに映ったとろとろ卵のチーズオムライスだとか、空腹を紛らすために読んでいた漫画に出てきた生クリームまみれのパンケーキだとか、ＳＮＳのタイムラインに流れてきたフルーツたっぷりのパフェだとか、飲み物でお腹を膨らまそうと思って開けた冷蔵庫の中のプリンや生チョコだとか、そういうものが目に入ってくると、どうしても食欲を刺激されてしまう。

テレビを消して、スマホを置いて、それら全ての誘惑をシャットアウトする。気を紛らすために、とにかく宿題をやろう。

でも、10分もしないうちに、ぐうぅう、と胃が大きな音を立てた。

……だめだ。お腹が空いた。空きすぎて、全然勉強に集中できない。

わたしは気がつくと椅子から立ち上がり、台所に入ってうろうろしていた。

冷蔵庫を開けて、みっちり詰め込まれた食材をかき分け、少しでもカロリーの低そうなものを探す。幸運にも豆腐を見つけたので、醤油をかけて食べた。

これで少しは落ち着くかと思ったのに、逆に空腹に火がついてしまった。

食べるな、食べるな、食べるな。

我慢しろ、我慢しろ、我慢しろ。

自分で決めたことでしょ。わたしはそんな意志の弱い人間じゃない。やると決めたらやるんだ。

一日でも早く理想の自分に近づくために。

でも、食べてしまった。残しておくつもりだったハンバーグを、食べてしまった。

食べている途中ではっと我に返り、なんとか半分で手を止めたけれど、食べてしまったことに変わりはない。

ああもう、どうしよう。食べないって決めていたのに。自分に負けてしまった。

「ああー……最悪だ……」

わたしはテーブルに突っ伏して頭を抱えた。

満腹感は罪悪感だ。

なんで、なんで、なんで食べちゃったんだ。どうしよう、どうしよう、どうしよう、また太っちゃう。全部なかったことにしたい。過去に戻りたい。

そのとき、ふと、『なかったことにする』方法が降ってきた。

そうだ、消化吸収してしまう前に出しちゃえばいいんだ。吐いちゃえばいいんだ。そうしたら、全部なかったことにできるじゃないか。

テレビで見たことがある。口の中に手を突っ込んで、げえげえ吐くところ。

わたしはさっそくトイレに行き、床にしゃがみ込んで、便器の蓋と便座を上げた。

少し躊躇《ちゅうちょ》して、でも、えいやっと勇気を出す。

右手の人差し指で、舌を押してみる。少ししょっぱい指の味が気持ち悪い。でも、吐き気はこない。

もう少し押してみる。だめだ。今度は中指も一緒に突っ込んで押す。それでもだめで、頑張ってもっと奥まで突っ込んでみた。なかなかうまくいかない。

なんだか頭がぼわぼわする。何度も何度も手を入れ直し、やっと「うえっ」となる場所を見つけた。

よし、ここだ。ひと思いに……と思いっきり手を突っ込んだ、そのとき。

がちゃっ、ぎいっ、どすどすどす。

玄関のドアを開ける音と、廊下を歩く足音。

「はあー、参った参った！」

お母さんの声と足音だ。なんで。驚きのあまり、硬直してしまった。

「忘れ物しちゃってさー慌てて取りに……あれっ、若葉」

振り向くと、お母さんがドアの隙間からトイレの中を覗き込んでいる。慌てて口から手を引き抜いたけれど、遅かった。トイレは玄関を入ってすぐのところにあり、しかも横向きに設置されているので、わたしがなにをしているか、お母さんからは丸見えだった。

ドアをきちんと閉めなかった自分のずぼらさを、心の底から恨んだ。

「……あんた、なにしてんの？」

お母さんが眉をひそめて訊ねてくる。

「具合が悪いの？」

「……えっ？　別に……」

うまく言い訳しようと思ったのに、なんにも思いつかなかった。

お母さんはじっとわたしを見つめ、それからぱっと身を翻し、駆け足でリビングのほうに向かった。

「ま……待って！　お母さん！」

わたしもがばっと立ち上がり、お母さんを追いかける。

台所に飛び込んだお母さんの視線が、カウンターの上に留まる。冷ますために置いたままになっていたラップの包み。さっと血の気が引いた。

「あっ、それ、ちょっと、食べきれなくて……」

お母さんはなにも言わず、コンロの前に立って鍋の蓋を開け、それから炊飯器の中も見た。最後に、テーブルの上に放置されている食べかけのハンバーグ。

「……若葉」

聞いたことがないくらい低い声で、呼ばれた。

わたしはもうなにも言えなくて、黙って俯く。

「あんた、ちゃんと食べてる？」

ああ、ばれてしまった。

かすれた声で小さく「食べてるよ」と答えたものの、お母さんが信じてくれた様子はなかった。

「ずっと気になってたの。最近なんか痩せたよね」

「まあ……お菓子、食べすぎないように気をつけてたし」

「でも、それだけにしては、様子がおかしいと思ってたの。顔色もよくないし、肌もぼろぼろだよ」

たしかにこのところ乾燥がひどくて、頬はかさかさになり、粉を吹いていた。笑った拍子に、ぱきっと唇が割れることもよくあった。それなのに、顎には大きな赤い吹き出物がたくさんできている。

でも、冬だから乾燥するのは当たり前だし、にきびだって中学生なら珍しいことではない。

そう言い訳をしようと思ったとき、お母さんが「若葉」と静かに言って、わたしの肩に手を当てた。

「……さっき、吐こうとしてたんじゃない？」

触れられたくなかった部分にいきなり触れられて、頭が真っ白になる。

「うるっさいなあ……！」

わたしは大声で叫んで、お母さんの手を振り払った。

「お母さんが悪いんじゃん！　やめてって言ってるのに、脂っこいものばっかり作って！　だから食べたくても食べられない！」

「はあ……!?」

お母さんの声も荒くなる。

「あんたねえ、作ってもらってる立場で、なんて言い方すんの！」

「あんなの作ってなんて頼んでないじゃん!!」

乱れて昂《たか》ぶった感情を抑えきれず、わたしはばんっとテーブルを叩く。テーブルが一瞬斜めに跳ね上がり、ハンバーグがお皿ごと床に落ちた。

あ……と思ったけれど、謝れない。

「なんてことするのっ!!」

お母さんの声が鋭くなる。食べ物を粗末にするな、と言われると思った。小さいころから何度も言われていたから。

でも、予想とは違う言葉が飛んできた。

「あたしは、あんたのこと心配して……っ！」

お母さんの顔が真っ赤に染まる。

「……仕事でごはん一緒に食べてあげられないから、せめて料理だけはきちんと作ってあげようって決めて、どんなに眠くても早起きして、どんなに疲れてててもちゃんと買い物行ってっ――」

「恩着せがましい言い方やめてよ！　わたしは作ってなんて頼んでないじゃん！　勝手に作ってるくせに、なんで、そんな上から……っ」

声が出なくなった。

お母さんが真っ赤な顔でわたしを睨み、でもそれ以上はなにも言わず、両手で顔を覆った。はあっと大きな溜め息をつく。

「……ああ、もう仕事行かなきゃ……続きは明日帰ってから話すよ。とりあえず、ちゃんとごはん食べなさい……」

はあぁ、と長い溜め息をわざとらしく吐き出しながら、お母さんが台所を出ていった。

どすどすどすと足音がして、すぐに玄関のドアががちゃんと閉まる音が聞こえてきた。

た。

「……っ、最悪……」

わたしは俯いて唇を噛みしめ、ぽつりと呟く。

ばれてしまった。せっかく痩せられたのに。このままどんどん順調に痩せていけると思ったのに。お母さんに知られてしまったから、きっともうこれまでのようにダイエットできない。痩せられない。たぶんまた太ってしまう。最悪だ。これまでの努力が水の泡だ。

きっと明日、ものすごく怒られるだろう。嫌だ、嫌だ、嫌だ。

どうしようもなく苛々《いらいら》して、悲しくて、悔しくて、虚しくて、でもどの感情もどこにもぶつけられなくて、やり場がなくて、それでさらに苛々する。

「もう……ほんと、最悪……！」

ただ痩せたいだけなのに、なんでお母さんはわたしの邪魔をするの。なんでわたしの気持ちを分かってくれないの。

床に落ちたハンバーグを拾い、そのままの勢いでラップの包みもひっつかみ、苛立ちのままに思いっきりごみ箱に投げつけた。

ふちに当たって床に飛び散ったそれらを見た瞬間、激しい後悔が、嵐のようにわたしの全身を包んだ。

最悪なのは、わたしだ。

「ううう……っ！」

涙が込み上げてくる。しゃがみ込んで、残飯になってしまった食べ物を素手で拾い、ごみ箱に捨てる。

苦しくて、苦しくて、居ても立ってもいられなくて。

わたしはそのまま夜の街へと飛び出した。

2.　1　バタースパゲッティとトマトスープ

ぬらりと鈍く光る包丁の柄を、ぐっと握る。

口から心臓が飛び出しそうだ。

お店の包丁は、家のキッチンや学校の調理室にあるものよりもずっと刃先が鋭く、いかにも切れ味が良さそうで、だからこそ、失敗は許されないという緊張感が否応なしに高まった。

猫の手、猫の手、と心の中で唱えながら、左手でトマトをつかむ。

なんて丸くて、なんて滑らかな表面だろう。

こんなもの、包丁で切っても大丈夫なんだろうか。つるんと刃が滑ったら、指がちょん切れてしまうかもしれない。

まな板の上に自分の指先がころんと転がるところを想像してしまい、ぶるっと背筋が震えた。

そうでなくとも、うまく力の入らない左手からトマトがこぼれ落ちてしまうかもしれない。刃を入れた瞬間にトマトが潰れてしまうかもしれない。そうなったら、お店の大事な食材が無駄になってしまう。

失敗したらどうしよう。失敗が怖い。失敗したくない。

あまりの恐怖と緊張で手がかたかたと震え、それに連動して、刃先も震えている。

そのことに気がついたとき、私は諦めて包丁をまな板の上に置いた。

だめだ、やっぱり私には無理だ。不器用で要領も悪い私に、料理なんてできるわけがない。

調理台に両手をついて項垂《うなだ》れ、はああ、と深い溜め息を吐き出したとき、

「おーい、小春さーん」

奥のパントリーで食材の在庫確認をしていた朝日さんが私を呼んだ。

「あっ、はい！」

なにか手伝いを頼まれるのかと思い、シンクで手を洗おうとしたら、

「緊張感が迸《ほとばし》ってるぞー。なんか俺までつられて緊張してきたわ」

朝日さんはからからと笑いながらそう言った。私は恥ずかしさのあまり泣きそうになる。

「す、すみません……！」

「リラックス、リラーックス」

朝日さんは間延びした声でそう言いながら、床に向けた手のひらをゆっくりと上下させた。

「はい……すみません……」

私は肩を竦めて頭を下げた。

「はは、別に謝ることじゃないよ」

朝日さんは笑って首を振ってくれるけれど、どう考えても謝らなければならない。

「いや、もう、本当に……バイトさせてくださいとか自分から言っといて、料理もしたことないとか……トマト切ろうとしただけで震えちゃうとか、本当に申し訳なさすぎて……」

口に出すと、あまりにも自分が情けなくて、呆《あき》れてしまう。

私は今まで一度も自分で料理をしたことがなかった。

そもそも、学校の家庭科の授業以外で包丁を握ったことがない。調理実習のときもなるべく包丁を使わない作業を担当するようにしているし、家の包丁には触れたことすらなかった。

「いやいや、何言ってんの。ちゃんと料理できないとバイトしちゃいけないなんて決まりないから」

朝日さんはおかしそうに笑う。

「バイトは学生さんが多いんだから、そんなこと言ってたら飲食店はどこも人手不足で大変なことになるよ。みんな働きながら慣れていって、上手《うま》くなってくんだよ。俺だってそうだったよ」

私はぶんぶん首を振った。

「いえ、でも、包丁すら使えないとか、いくらなんでも論外ですよね。全く役に立てなくて申し訳ないです……」

「あはは、気にしすぎだって」

「あの、家で練習しておきます。たくさん練習して、まともに使えるくらい上手になったら、厨房に入ります」

私の言葉に朝日さんが噴き出す。

「バイトの練習って。初めて聞いた。そんなの必要ないよ。店で練習すればいいんだからさ」

「でも……」

それでも、トマトが無惨に潰れ、床に転がる幻が、頭から離れない。

「食材だめにしちゃうかもしれないので……今日は、やめときます」

朝日さんがじっと私を見ている。

いつもは柔らかく細められている奥二重の優しげな目が、今は軽く見開かれ、まっすぐにこちらに向けられている。真っ黒の大きな瞳は深い色を湛え、吸い込まれそうで、でも目を離せない。

彼がふう、と息を吐いて、こちらへやって来た。

野菜も切れない役立たずはクビだな、と言われるんじゃないかとひやひやしていたら、朝日さんは静かな声で訊ねてきた。

「小春さんは、失敗が怖い？」

びくりと肩が震える。私は彼を見上げた。

「失敗するのが怖くて、挑戦できない？」

私は自分の腑甲斐《ふがい》なさにきゅっと唇を結び、小さく頷いた。

「そっか、そっか。オッケー」

なぜやらないのかと怒られてしまうかと思ったけれど、朝日さんはにこにこしながら頷いただけだった。そして再び奥のパントリーへと入っていった。在庫確認作業に戻ったのだろう。

ああ、諦められたんだな。ぼんやりとそう思う。私は、朝日さんからも、諦められた。

朝日さんは優しいから、怒ったりしないし、呆れた顔を見せたりもしないけれど、心の中では『あーあ、役立たずを雇っちゃったなあ』と後悔していることだろう。

私はやっぱり、どこにいても、何をしても、だめだ。

厨房では完全な役立たずなので、せめてホールでは少しでも役に立たなきゃ。私はカウンタードアから客席側に出て、テーブルを念入りに拭いていく。

『お夜食処あさひ』で働きはじめてから約1週間。まだまだ手際も悪いし慣れないけれど、やるべき仕事くらいは、いちいち朝日さんにお伺いを立てなくても分かるようになった。

平日のシフトは17時から20時までの3時間。学校が終わってからすぐここにやってきて、働いている。

部活はやめた。当たり前だけれど、誰からも引き止められたりはしなかった。部員はみんな『目障りなやつがいなくなって清々した』と思っているだろう。顧問の先生は退部届を受け取ると「はいはい。じゃ、頑張ってね」と、何に対しての応援か分からないけれど、笑顔で言ってくれた。

もちろん、塾にも行っていない。『ちょっと体調が悪くて、しばらく休みます』と自分で電話した。これまでずっと真面目《まじめ》な優等生をやってきたおかげか、疑われることはなかった。

バイトの後は駅前のファストフード店でドリンクを頼み、2時間ほど居座って時間をつぶしている。

バイトをしていることはもちろん親にも学校にも内緒だ。朝日さんから手渡された雇用契約書には、未成年者用の保護者印の欄があったけれど、お母さんの印鑑がしまってある場所は知っていたので、夜中に勝手に取り出して押した。意外とばれないものだ。朝日さんのことまで騙している形になるのは心苦しいけれど、お母さんがアルバイトを許してくれるとは思えないので、苦肉の策だった。

我ながら思いきったことをしたなあと思う。でも、それくらい、どうしてもここで働きたいという衝動が強かったのだ。

そしてそれを快く受け入れてくれた朝日さんのためにも、1日でも早く、せめて食材のカットくらいはできる人間にならなくては。

これからは毎日、家に帰ったら包丁の練習をしよう。帰りにコンビニで何か包丁で切りやすそうな食べ物を買って、お母さんの目を盗んでキッチンからこっそり包丁を持ち出し、部屋に持ち込んで、切る練習をする。使ったあとちゃんと洗って拭いて乾かしてから元の場所に片付けておけば、ばれることはないだろう。

テーブルの上のペーパーナプキンを補充しながらそんなことを考えていると、

「小春さん、ちょっといい？」

カウンターの向こうから朝日さんに呼ばれて、私は「はい」と振り向いた。彼が手招きをしているので、急いで厨房の中に戻る。

パントリーから出てきた朝日さんは、小さな竹かごを胸元に抱えていた。

「ちょっとお願いがあるんだけど」

「はい、なんでしょう」

「今日のまかない、小春さんに作ってもらおうかなと思って」

「はい、……えっ？」

私は耳を疑った。ぱちぱちと瞬きをして朝日さんの顔を見つめる。

私が作る？　ついさっき、料理はできないと言ったばかりなのに？

「……いえ、あの、すみません。作れないです……」

おそるおそる告げると、朝日さんは「大丈夫、大丈夫」と笑顔で答えた。

「包丁使わない料理だから、気楽に作ってみてよ」

「え……包丁を使わない料理があるんですか？」

「あるある。いくらでもあるよ」

朝日さんがかごの中身を私に見せてくれる。いくつかの食材のパッケージが入っていた。

「これが材料。今夜のメインは、パスタでーす」

「ええっ。難しそう……」

パスタなんて、いかにも料理上手な人が作るものというイメージだった。

「いやいや。まあ、手間のかかるパスタ料理もたくさんあるけど、今日作るやつは、超シンプルなパスタなんだ」

自信満々にそう言う朝日さんを信じて、私は調理台の前に立った。

「とりあえず、俺が口頭で説明するから、小春さんはそれ聞いて適当に手を動かしてくれればいいから」

「適当……でいいんですか」

「オッケー、オッケー。めったに失敗することないから安心して」

「……はい」

頷いてはみたものの、『めったに』が気になってしまう。めったに失敗しない料理でも、全くの素人《しろうと》の私なら失敗する可能性が充分あるのではないか、という気がして怖かった。

「じゃあ、まず、パスタを茹《ゆ》でる。今日使うのはスパゲッティの乾麺な」

「はい……これですね」

私はかごの中を探して、スパゲッティのパッケージを取り出した。

「先にお湯を用意しよう。鍋にたっぷり水を入れて、火にかけて、塩を入れる。塩はすごく大事だから、これだけは忘れないように。塩を入れ忘れて茹でたパスタは、ちょっと絶句しちゃう感じの味になるから」

私はこくこくと頷いた。塩大事、塩大事、と念じながら、両手鍋になみなみと水を注いで、コンロに置く。そして塩の容器を手に持って、蓋を開けた。

「塩って、どれくらい入れればいいんですか」

「うーんと、ちょうどいいしょっぱさ、味噌汁くらいのしょっぱさになるように。慣れないうちは感覚だけじゃ分量よく分かんなくて当然だから、ちょっとずつ入れて味見して足りなかったら増やして、また味見して増やして、ってやっていけばいいよ。時間はいくらでもあるから、慌てずゆっくりどうぞ」

「はい。ありがとうございます」

すぐに焦ってパニックに陥ってしまう私を気遣ってくれているのだ。

私はじっと塩を見つめる。白くきらきら輝いていて、とても綺麗だ。味噌汁くらいのしょっぱさにするためにどれくらいの量の塩が必要なのか、皆目見当もつかない。

ただ、いつかの家庭科の授業で、塩って想像以上に少しの量しか使わないんだな、と思ったことを覚えていた。

親指と人差し指で軽くつまんで、多すぎないかなとはらはらしながら鍋に入れる。

朝日さんから小皿とお玉を受け取り、少量すくって味見をしてみる。ただのぬるい水だった。全然味がしない。

そうか、水の量が多いから、塩はけっこうたっぷり入れなきゃいけないんだ。次はスプーンですくって入れてみた。だいぶ塩味がするけれど、まだまだ薄い。もう1杯。

そうやって味見をして味を調整しながら、そういえば最近、舌の違和感が消えたなと思った。べったりと膜が張って麻痺《まひ》しているような感覚があったのに、それがなくなっている。比例して、朝食で使うドレッシングやピーナツバターの量も減っていた。塾での菓子パンで済ませる夜ごはんではなく、お店で朝日さんの作るまかないを食べさせてもらうようになってからだ。あたたかくて優しい味の料理が、私の味覚をいつの間にか治してくれたのかもしれない。

塩を入れ終え、水が沸騰するのを待つ間に、朝日さんがレシピの説明をしてくれる。

「これから作るのは、『Al burro《アル・ブッロ》』っていうスパゲッティ。『burro』はイタリア語でバターのこと。つまり、バタースパゲッティだな」

「バタースパゲッティ……」

どんな料理なんだろう。名前だけ聞くと、失礼ながら、なんだかあまりおいしくなさそうだった。

「材料は、バターとパルメザンチーズと塩こしょう。ほい、用意してー」

「はいっ、バターとパルメザンチーズと塩こしょう……だけ、ですか？」

復唱しながら冷蔵庫を開けて、でも、あまりの材料の少なさに驚き、私は思わず朝日さんを振り返る。なにか言い忘れているのではないかと思ったのだ。

彼は「そう、それだけ！」とおかしそうに破顔した。

「心配になるよなー、分かる分かる。でもま、ほんと旨いから」

私は「はい」と頷き、冷蔵庫からバターと粉チーズを取り出す。塩はさっき出したので、あとはこしょうを探すべく調味料ラックを見た。

「今日のメニューなら、こしょうは粗挽《あらび》きがおすすめだよ」

朝日さんが言う。

「こしょうに種類があるんですか」

びっくりして訊ね返すと、彼は「そうそう」と頷いた。

「粉になるまで細かく挽いてあるやつと、粗めに挽いてある大きめの粒のやつがあるんだ。粗挽きだとちょっと刺激が強めでからいけど、がつんと風味がくるから、分かりやすく旨い」

「なるほど……」

「そのガラス瓶みたいなのに入ってるやつがこしょうだよ」

言われて見てみると、5ミリくらいの黒くて丸い粒がたくさん入っていた。

「私が知ってるこしょうって、粉みたいなイメージなんですけど、この粒がこしょうのもとってことですか」

「もと……っていうか、いやまあうん、そうとも言えるかな？」

朝日さんの反応が微妙だったので、自分がおそらく的外れなことを言ってしまったのだろうと悟り、恥ずかしくなる。勉強ばかりしてきて、一般常識は全然知らない自分が、恥ずかしいし、情けない。

「その粒がこしょうの実で、それを細かく挽くと、いわゆる粉状のこしょうになるわけだな」

呆れたり馬鹿にしたりせずに、微笑んだまま丁寧に教えてくれる朝日さんに恐縮しつつ、「ありがとうございます」と頭を下げた。

「その瓶の頭の黒いところがミルになってて、回すと挽いたやつが出てくるんだ。矢印がついてるだろ、そこを回して好みの挽き具合に調節する。いけそう？　ならちょっとやってみ」

使い方を教えてもらい、小皿の上でミルを回してみた。ごりごりという手応えがあって、穴から細かくなったこしょうがぱらぱらと落ちてくる。

「すごい！　便利！」

「だろ。もちろん挽いてあるやつも売ってて、手軽に使えていいんだけど、やっぱり挽き立ては香りがフレッシュで、全然風味が違うからな。使う直前に挽くと、最高だよ」

「うわ、ほんとだ、すごくいいにおい……」

たしかにこしょうの香りなのに、私が知っているこしょうとは全く違っている。フレッシュというか、爽やかというか、どこかフルーツのような瑞々《みずみず》しさを感じる香りだ。

「アル・ブッロは超絶シンプルな料理だから、やっぱり素材が大事だ。バターもパルメザンチーズも塩こしょうも、風味のいいやつを選ぶとさらに旨くなる」

「料理って奥が深い……」

思わず呟くと、朝日さんが「だろ？　面白いだろ？」と嬉しそうに笑った。

「さて、そろそろ沸騰したな。じゃあ、スパゲッティ投入。麵がくっついちゃうことがあるから、なるべく重ならないように、ぱらぱらっとばらけさせるイメージでな」

「了解です」

麵を茹でている間に、パスタ皿をふたつ並べ、お皿の真ん中にバターを置く。

「バターの量はどれくらいですか」

「ひとり分20～25グラムくらいが目安かな」

はかりで量りながら少しずつのせてみると、思ったよりも大きな塊になったので、驚いてしまう。

「こんなに入れて大丈夫なんですか？」

「なんせバタースパゲッティっていうくらいだ、バターが主役だから、がっつりだよな。まあ、それより多くても少なくても全然お好みでいいんだけど、少なすぎると麵とうまく絡まない」

「なるほど……」

「ちなみにスパゲッティを茹でてる鍋からスプーン1杯くらい茹で汁をとってバター

にかけとくと、バターが溶けやすくなるし、麺とも絡みやすくなるよ」

　このあとは、スパゲッティが茹で上がったら急いでお湯を切り、熱々のうちにお皿にうつせば、茹で立ての麺の熱でバターは溶ける。麺とバターを手早く混ぜ合わせて全体が馴染んだら、パルメザンチーズを振りかけ、塩こしょうで味をととのえる。

「チーズの量もお好みだけど、俺はがっつり多めが好きだから、たっぷりよろしく」

「了解です。たっぷりってどれくらいですか」

「そうだな、大さじ3くらいかな」

　麺が茹で上がってからだと焦りそうなので、先に用意しておこうと考え、調理器具入れの中から計量スプーンと味見用の豆皿を取り出した。きっちり3杯分をひとつの豆皿に、もうひとつの豆皿には2杯分入れて、すぐに使えるようにしておく。

「バターとチーズだけでも充分コクがあって旨いんだけど、卵の黄身をのせるのもあり。まろやかになるし、栄養もあるしな。さらに野菜メインのスープがあればバランスは完璧だ。ってわけで、待ってる間にちゃちゃっとスープも作っちゃうか」

　朝日さんがそう言って、手鍋にコップ2杯分の水を入れて沸かしはじめたのを見て、私は内心焦りを覚えた。スパゲッティだけでも手一杯なのに、スープなんてできるだろうか。

「スープ、ですか……。なんか、一気にハードルが……」

スープといえば、具が細かくてたくさんで、しかもことこと煮込まないといけないから時間も手間もかかるというイメージがあった。

「いやいや、スープだって包丁、まな板なしでささっと作れるよ」

私は目を見開き、「えっ、本当に？」と訊き返す。

「コンソメとトマトがあれば、簡単トマトスープがすぐできる」

そう言って朝日さんがコンソメの粉末が入った瓶を出してくれた。

「ほら、ちょうどトマトもあるし」

私がついさっき途中で放り出したトマトが、まだまな板の上にのっている。

「でも、トマトは切らなきゃだめですよね……」

「いい、いい。わざわざ切らなくていいよ」

「え……っ」

「なんなら生のトマトじゃなくてもいいから。トマトペーストっていうのが売ってるから、お湯にコンソメ溶かして、トマトペースト1匙分入れたら、もうトマトスープだよ。今日はせっかくトマトがあるから、こうやって……」

朝日さんがトマトをつかみ、ぐっと力を入れた。ぶしゅっと潰れたトマトをカップの中に放り込む。私は啞然として彼の行動を見守ることしかできない。

「ここにお湯を注いで、コンソメ入れて混ぜて……はい完成。でももうちょっと具が欲しいなってときは、こういうのを追加してもいいよ」

彼はパントリーから持ってきたかごを抱え、中身をひとつずつ取り出した。

「ミックスビーンズ、ツナ缶、コーン缶、フライドベーコン。冷凍のカットほうれん草とかミックスベジタブルとかもありだな。このへんのやつ適当に好きなの選んで入れれば、具だくさんトマトスープができちゃうよ。最近は食品メーカーさんが頑張ってくれて、便利なもんがたっくさんあるからな、本当にありがたいよなー」

「……すごい」

本当に、包丁もまな板も使わずにスープができてしまった。しかも、すごく簡単に、短時間で。

「これなら私でも作れそうです」

朝日さんが嬉しそうに笑った。

「ちなみに、味噌汁もこんな感じで簡単に作れるよ」

「お味噌汁……好きです。作ってみたい」

「そっかそっか。いいねえ」

彼はさらに嬉しそうに笑う。

「だしとるのは大変だしめんどくさいから、インスタントの顆粒《かりゅう》のやつ使えばいいし、なんだったらそれすら使わないで、代わりに鰹節を入れちゃえばいい。お湯に味噌溶いて、鰹節どばっと入れて、豆腐を手でちぎってどかどか入れて、あとは乾燥わかめと冷凍ねぎとか入れちゃったら、なかなか立派な味噌汁になるよ」

「はあ……なるほど……」

私はエプロンのポケットからメモ帳とペンを取り出し、『簡単お味噌汁の作り方』とメモした。

お母さんは、昔はよくお味噌汁を作ってくれていた。私は特に、わかめと豆腐のお味噌汁が、シンプルだけれどいちばん好きだった。

またいつか飲みたいなあ、と思っていたけれど、そうだ、飲みたいものは自分で作ればいいのだ。

なんでこんな当たり前のことに気づかなかったのだろう。

「よし、そろそろ麺が茹で上がる時間だぞ」

朝日さんの声で我に返った。仕掛けておいたタイマーを見ると、あと30秒になっている。

私はシンクにざるを置いて待機し、タイマーが鳴ると同時に火を消して鍋を持ち上げた。

重い。水がたっぷり入った鍋は、とても重い。料理って重労働だ。

よしっと気合を入れて、鍋をシンクまで移動させ、麺がこぼれないように注意しながらざるに向かってお湯を流す。

湯切りができたらすぐにトングでスパゲッティをつかみ、バターの入ったお皿に入れる。

ふわっとバターの香りが立ち昇ってきた。麺が冷めないうちに急いで溶けたバターと絡め、用意しておいた粉チーズを振りかける。仕上げに、少しの塩と、こしょうはちょっと多めに。

「はい、完成！」

朝日さんがぱちぱちと拍手をしてくれた。

「ありがとうございます……！」

私はなんだか一仕事終えたような達成感と満足感に浸っていた。

「よし、食べよう、食べよう」

朝日さんが子どもみたいにわくわくした様子で言う。

「パスタは時間との勝負、早く食べれば食べるほど旨いからな」

「はい！　いただきます」

「いただきます！」

ふたりでカウンターに並んで腰かけ、手を合わせた。

フォークを麺に引っかけ、くるくると巻き取る。お皿に顔を近づけると、とろけそうな香りに包まれた。甘いバターの香りと濃厚なパルメザンチーズの香りが混ざり合って、食欲をそそる、なんともいえない好い香りだ。

ぱくっと頬張る。クリーミーな味が口いっぱいに広がった。かなり濃厚でこってりしているのだけれど、爽やかに香る粗挽きこしょうの風味がぴりっとアクセントになって、全然しつこくは感じない。

「おいしい……！」

気づいたら声を上げていた。

私が生まれて初めて作った料理だ。

なんだか胸がいっぱいになって、少し目頭が熱くなってしまった。

「うん、旨いな。旨いよ」

朝日さんが笑顔で何度も頷いてくれる。そして、びっくりするようなスピードで、するすると口に運んでいく。あっという間にお皿からスパゲッティが消えていく。

自分の作ったごはんを、おいしいと言いながら、笑顔でぱくぱく食べてもらえる。

それがこんなに嬉しいことだなんて、思ってもみなかった。

私は、お母さんの作ってくれた料理を、こんなふうに食べたことがあっただろうか。

おいしい、おいしいと繰り返したことがあっただろうか。

「ご馳走さまでした」

ぱんっと両手を合わせて、朝日さんが食事を終えた。そして微笑み、私を見つめる。

「小春さん、作ってくれてありがとう。本当においしかった」

「こちらこそ、教えてくれてありがとうございます。すごくすごくおいしいです」

「そりゃよかった。はあ、食った食った」

お腹のあたりをさすりながら満足げに言った朝日さんが、ふっと顔を上げた。私もつられて目を上げ、隣の彼を見上げる。すうっと流れる線で描かれたような輪郭の横顔が、しんと静かになった。その深い瞳は、入り口のドアのほうを、じっと見ている。

私もそちらへ目を向けた。小窓の向こうに、中学生くらいの女の子がいるのが見えた。ぼんやりと店先に立っている。

視線はこちらを向いているけれど、どこか上の空で、店内を見ているわけではないように感じた。

どうしたんだろう。大丈夫かな。

すると朝日さんが立ち上がって入り口に向かい、ゆっくりとドアを開けた。

「いらっしゃい。よかったら、お夜食、食べていってよ」

突然開いたドアと、突然現れた朝日さんに驚いたようにぱっと顔を上げた女の子は、泣き腫らした目をしていた。唇には血が滲んでいるようだった。

ああ、あの子も、この店に『呼ばれた』んだな。そう思った。

ここでごはんを食べるべき人が来たのだ。

がんばろう。

私は急いでスパゲッティを食べ、スープを飲み干し、勢いよく立ち上がった。

「いらっしゃいませ！　どうぞ中へ――」

あなたの本当の夜は、これからだよ。

この世でいちばんあたたかくて優しいごはんが、あなたを待っている。

2.2　巣ごもり卵と焼き椎茸

「お邪魔します……」

戸惑いながら店内に入ってきた彼女の目は真っ赤に腫れていて、頰には涙のあとがあった。

中学生がひとりで出歩くには遅い時間だったこともあり、私は思わず、

「なにかあったんですか」

と訊ねる。彼女は私を見て、少しはにかんだ表情で答えてくれた。

「ちょっと、お母さんと、けんかしちゃって……」

彼女は青木若葉と名乗った。

お母さんとけんかをしてしまい家を飛び出して、目的もなく街をふらふら歩いていたらたまたまこの高架下商店街に辿り着き、『お夜食処あさひ』の明かりに吸い寄せられるようにやってきたという。まさに『呼ばれた』のだろう。

若葉ちゃんをカウンター席に案内し、私と朝日さんは厨房に入る。

「だって、お母さん、ひどいんですよ。わたしの気持ち、ほんとに全然分かってくれなくて……」

朝日さんがシンクで手を洗いつつ、うんうんと相槌を打っている。

私は俯きがちに話す若葉ちゃんを見つめたまま、食器棚からウォーターグラスを取り出し、製氷機のドアを開けた。

「わたしがどんなに真剣に話しても、なに言ってんだかって感じで、適当に笑い飛ばして……なんでもかんでも『大丈夫大丈夫！　なんとかなる！』って感じで」

「そうなんですね」

彼女の話を聞きながら私の頭の中に浮かんだのは、うちのお母さんとは正反対の、陽気で豪快な母親の姿だった。

「よく知り合いの人から『肝っ玉母ちゃんだね』とか言われて、そう言えば聞こえはいいかもしれませんけど、娘のわたしからしたら、ちょっとデリカシーがないっていうか、もっと真剣に向き合ってほしいって思っちゃうんです」

グラスに氷を入れ、ピッチャーの水を注ぎながら、私は若葉ちゃんの言葉に頷く。

勇気を出して真剣に話したことを笑い飛ばされたら、たとえそれが悪意のない純粋な励ましだとしても、やっぱり傷ついてしまうだろう。

はあ、と彼女は息を吐いた。数秒間黙って、それから意を決したように口を開く。

「……わたし、あの、ダイエットを……したくて」

若葉ちゃんは私たちから目を背け、恥ずかしそうに言った。

私は彼女の前にそっと、冷たい水の入ったグラスとあたたかいおしぼりを置く。

「半年くらい前から、食事制限してるんです。これでもけっこう痩せたんですよ。お母さんにダイエットのこと言うと『そんなの必要ないない』とかって笑われて流されちゃうから、自力でやるしかなくって、お母さんにばれないように、ちょっとずつごはん減らして……」

「そっかそっか、それはすごい」

朝日さんが真顔で頷く。

「食事量を意識的に減らすって、かなりしんどいことだからね。生半可な覚悟じゃ達成できないよな。君はすごく意志が強いんだな、すごいよ」

そう褒められて、若葉ちゃんは「そんなことないんです」と首を振った。

「食べちゃだめ、我慢しなきゃって自分に言い聞かせても、どうしても我慢できなくて食べちゃったことも、何回もあって。だから、ごはんを抜けそうなときはできるだけ抜いて、我慢して我慢して、なんとかここまで来て……」

朝日さんは今度は静かに「……うん」と言っただけで、じっと彼女の顔を見つめる。

「それなのに、お母さんが作るごはん、毎日毎日、いかにも太りそうながっつり、こってりしたものばっかりで……わたしは何回も痩せたいって言ってるのに。それで、今日、けんかになっちゃったんです」

「なるほどなあ……」

朝日さんが少し考え込むような表情を浮かべて、それから口を開いた。

「その食事制限っていうのは、けっこう無理して頑張ってる感じなのかな」

「……はい、まあ……」

お水ありがとうございます、と彼女は私に軽く頭を下げ、グラスを手にとって一口、こくりと飲んだ。

「……まあ、そうですね」

言いにくそうに目を泳がせて曖昧に答える若葉ちゃんを見ていたら、もしかしてすごく無理な制限をしているんじゃないかなと、なんとなく思う。

そういえば彼女の顔は、全体的に青白い。色白というよりは、血色が悪い感じがする。無理をしすぎて身体に負担がかかっているのかもしれないと心配になった。

「こんなこと、言われなくても分かってると思うけど——」

朝日さんが、声に柔らかい笑みを滲ませて言う。

「まあ大人って、〝分かってること偉そうに言いたがり〟だからさ。ごめんだけど、ちょっと聞いてね」

若葉ちゃんは小さく「はい」と答えて頷いた。

「生きることは食べること、食べることは生きること、だよ」

静かな言葉に、私は朝日さんを見つめる。生きることは食べること、食べることは生きること。

「君の身体は、毎日毎秒、君が寝てる間も、ずーっと休むことなく動き続けてる。心臓を動かしたり、体温を保ったり、空気を吸って吐き出したり、いらなくなったものを外に出したり、骨や筋肉を成長させたり、生命を維持するのにはたくさんのエネルギーが必要で、そのエネルギーは全部いろんな食べ物からもらってるわけだ」

「はい……」

「だから、人は食べなきゃ生きていけないし、生きてるかぎりは腹が減るし、生きてる間はずっと食べ続ける」

当たり前のことだけれど、改めて実感する。私たちは、生きるために食べているのだ。食べなければ生きていられないのだ。生きることと食べることは直結している。

「そんでさ、どうせ食べなきゃいけないなら、せっかくなら楽しく食べたいよな。嫌々食べるの、楽しくないもんな」

朝日さんがにこりと笑う。

「でも、痩せたいっていう君の希望も、すごく大事だ。君が幸せに生きるための希望なら、ないがしろにされるべきじゃない。心の健康も、身体の健康と同じくらい大事だからね。というわけで、両立できればいいよな」

「両立……」

若葉ちゃんが繰り返す。朝日さんは「そう」と頷いて手を鳴らした。

「というわけで、若葉さんの今日の夜食メニューが決まりました。すぐできるから、ちょっと待ってて」

「はい……えっと、でも、あの……」

不安そうにしている彼女を尻目に、朝日さんは軽快な動きで料理を作りはじめた。

戸惑う若葉ちゃんの心情がよく分かったので、私は微笑んで彼女に説明する。

「このお店は、学生のお客さんはみんな1食100円なんです。でも、今日は、お店があなたを呼んだので、そういう場合は、なんと初回無料なんです」

「え……っ、無料？　いいんですか」

驚きを隠さない彼女に、「そういうお店らしいです」と私は笑いかけた。

「お店が呼ぶって……？」

若葉ちゃんはまだ少し疑わしげな表情を浮かべている。そりゃそうだよね、と心の中で同意しつつ、私は朝日さんに目を向けた。きっと聞こえていないはずがないと思うのだけれど、彼は我関せずと言いたげなひょうひょうとした様子で厨房の中を歩き回っているので、私は思わず笑ってしまう。

「たぶん、お店が呼ぶっていうのは比喩だと思うんですけど」

私は若葉ちゃんに向き直って続ける。

「きっと、つらい、悲しい、苦しい気持ちを抱えている人は、このお店のあったかい雰囲気というか、漂ってくるにおいとか優しい明かりとか、そういうものになんとなく惹《ひ》きつけられて、このお店の前で自然と足が止まるのかなって……ただの私の想像ですけど。私も、すごくつらいときに、呼ばれたみたいにこのお店に入って、朝日さんにお夜食を作ってもらって、すごく元気をもらえたんです」

若葉ちゃんはじっと私を見つめている。

「……あなたも、このお店のお客さんだったんですか？」

訊ねられて、はい、と私は頷き返す。

「小春さーん、どうする、手伝いする？」

朝日さんに声をかけられ、私は「はい、やります」とそちらへ目をやった。でも、彼の手に卵がのっているのに気づいて、どきりとする。

「卵、割れる？」

「……ちょっと、自信、ありません……」

割ったことがないわけではないけれど、失敗するときと成功するときがある。勝率6割くらいだろうか。うまく割れなくて殻が入ってしまうかもしれない。自分用ならいいけれど、人に出す料理のために割るのは不安だった。

朝日さんが笑顔で頷く。

「了解了解。じゃ、小春さんには椎茸《しいたけ》を頼もう」

「え……っ」

生椎茸を2個手渡されて、私は絶句した。どう考えても、このままでは食べられない。包丁が必要なのではないか。私には無理だ。

でも彼は「大丈夫だよ」と笑う。

「そのまま焼くから、切らなくていい。軸だけむしっといて」

「軸を、むしる……？　軸って、ここですか」

「そうそう、その棒みたいな部分のこと。そこをがっとつかんで、ぐりっと捻《ひね》ったら、めりっと取れるから。無理そうだったら、キッチンバサミで切り取っちゃってもいいよ」

がっと、ぐりっと、めりっと。私は頭の中で復唱しながら、手のひらの中の椎茸を凝視する。予想していたよりも軽かった。笠の部分をそっとつまんでみると、なんだかふわふわして柔らかい。力を入れすぎたら、すぐに潰れてしまいそうだ。

「見た目とかどうでもいいから、細かいこと気にしないで思いっきりやっちゃっていいぞ。破れようが崩れようが、硬いとこさえ取れればオッケー。あ、軸は他の料理に使えるから取っといてなー」

「は、はい……！」

軸を握って軽く捻ってみる。意外なほどの弾力で、指の力を弾き返してくる感触があった。思ったよりも丈夫らしい。

朝日さんの言葉を胸に、えいっと思いきって力を込めてみた。ぶちぶちっと付け根の繊維が切れていき、軸が取れたあとには、いびつな穴が空いていた。

指示に従って、続きの作業をする。

椎茸の笠の裏側を上にして、魚焼きグリルの網の上に並べる。

「椎茸から水分が出てくるまで焼くよ。だいたい４、５分かな。様子見ながら調整して」

「はい」

グリルの蓋を閉め、つまみを押し回して『５』のあたりで止める。じじじっと音がして火がつくのが分かった。窓から中を覗き込み、どきどきはらはらしながら見守る。

そのうち笠のひだの間から、じわりと水分が出てきて、ぷくっと膨れて丸くなった。まるで葉っぱについた朝露のようだ。

蓋を開けて中を見てみる。うっすらと茶色がかった、まるでおだしのような色の水滴が、椎茸の上にいくつも実っている。椎茸のふちのほうは水分が飛んで少し焦げ、かりかりになっていた。見るからにおいしそうだ。

「焼けた？　じゃあ、醬油とオリーブオイルちょこっと垂らして、それで完成」

朝日さんの言葉に、私は驚いて振り向く。

「えっ、それだけですか」

「それだけですよー。簡単だろ？」

ふふん、と効果音がつきそうな表情で、自慢げに彼は答える。

「将来、大人になって酒飲みになったら、酒のつまみに作るといいよ。仕事から疲れて帰ってきても、これくらいなら作る気になれるだろ」

お酒を飲む自分なんて想像もつかない。そもそも大人になった自分すら想像できなかった。

椎茸を菜箸でつまみ、水滴がこぼれないように気をつけながら、慎重に角皿に並べる。醬油とオリーブオイルを数滴ずつ垂らして、朝日さんの手元に目を向けた。

太めの千切りにして水洗いしたキャベツを、丸い平皿の上に、これでもかとこんもり盛り付け、顆粒コンソメと塩こしょうを振りかける。

次に、キャベツの山の真ん中を少しへこませて、そのくぼみに生卵を落とす。

「短冊切りにしたベーコンをキャベツと一緒に並べてもいいんだけど、今日はヘルシー路線だから、キャベツと卵だけにしよう」

キャベツと生卵。たしかにヘルシーだけれど、いくらなんでも、おいしくなさそうだ。不安になって朝日さんを見つめていると、「そこのラップ取ってくれる？」と言われた。

キャベツと卵のお皿に、水蒸気の通り道がちゃんと残るようにふんわりとラップをかけて、端をとめる。

「あとは電子レンジくんが頑張ってくれる。ありがたいねえ。ああ、フライパンに蓋をして蒸し焼きでも作れるよ」

ああ、なるほど、電子レンジを使うのか。生卵のままじゃなくてよかった、と内心ほっとした。

「600Wで3分から4分。レンジによって加熱具合はけっこう違うから、まず短めにしといて様子を見て、まだ白身が透明で火が通ってなかったら、20秒とか30秒ずつ追加するといいよ」

直後、朝日さんが「あっ、やべっ」と声を上げる。なにごとかと思っていたら、彼はレンジに入れようとしていたお皿を調理台に再び戻した。そして、戸棚から竹串を取り出す。

「やばいやばい、忘れてた。レンチンするときは黄身に穴を開けないとな」

私は目を丸くして訊ねる。

「穴……ですか？」

「爪楊枝でも箸でもいいよ。2、3ヶ所ぶすぶすっと刺す。これをやっとかないと、黄身が爆発しちゃうから。よし、これでオッケー」

あたため終了の音が鳴ると、濡らして絞ったふきんで皿をつかんで取り出し、ラップを外す。あんなに山盛りだったキャベツが、びっくりするほどぺちゃんこになっていた。

朝日さんがキャベツの上にオリーブオイルをぐるりと回しかけた。そして、ふたつのお皿を、若葉ちゃんの前に並べる。

「はい。こちら、巣ごもり卵と、焼き椎茸になります」

湯気とともに、蒸しキャベツや焼き椎茸の香り、そしてオリーブオイル独特の香りが立ち昇った。

「油……」

若葉ちゃんが不安そうな顔で呟く。朝日さんはあははと笑い声を上げた。

「分かる、気持ちは分かるよ。油はダイエットの大敵ってイメージだもんな」

「はい……」

「でもさ、脂質だってやっぱり身体にとっては、なくてはならない、絶対に必要な成分なんだよ。もちろんとりすぎはよくないけど、足りなければ足りないで、疲れやすくなったり肌荒れしたり、いろんなところで問題が起こる。だから、適量の摂取は大事だよ」

若葉ちゃんは頬のあたりに軽く指で触れながら頷いた。

「今日使ったのはオリーブオイル。ダイエットの味方」

「えっ、そうなんですか」

朝日さんがオリーブオイルの瓶を軽く揺らしながら「そうだよ」と微笑む。

「食事の1時間前にオリーブオイルを小さじ1杯飲むっていう美容ダイエット法もあ

るらしい」

「へえ！」

若葉ちゃんは目をぱちぱちさせて朝日さんを見つめる。

「オリーブオイルの主成分はオレイン酸。お腹の動きを活性化してくれて、体脂肪を溜めにくくしてくれるし、満腹中枢を刺激して食べすぎも防いでくれる。ビタミンEの血行改善、代謝アップ効果とか、ポリフェノールの美肌効果も嬉しいな」

「なんか、すごいんですね、オリーブオイルって」

私も驚きを抑えきれずに口を挟んだ。

「そう、すごいんだ」

朝日さんはにっこりと笑って頷く。

「食べ物はみんな、それぞれ、すごいところを持ってる」

朝日さんは厨房の中をぐるりと見回した。

調理台、冷蔵庫、冷凍庫、調味料ラック、戸棚、パントリー。至るところに眠る、たくさんの食材たち。それぞれの『すごいところ』を生かせる出番を、彼らは静かに待っている。そして、そのときが来たら、私たちの身体をおいしく満たしてくれる。

食べ物は、みんな、すごい。

「巣ごもり卵っていうのは、鳥の巣みたいに見えるから、そういう名前なんだ。キャベツの巣の真ん中に巣ごもりしてる卵ってこと」

そう言われてみると、ただのキャベツと卵が、なんだかとても可愛らしく見えてくる。鮮やかな黄緑色の巣の中で眠る、小さな白い卵。

「キャベツは低カロリーで、食物繊維たっぷりだから脂肪の吸収も抑えてくれるし、火を通すとかさが減るからたくさん野菜を食べられる上に満腹感も得やすくて、ダイエット食の大定番。で、卵は完全栄養食って言われてるくらい栄養たっぷりで、人体に必要な栄養のほぼ全部が入ってるんだ。良質なタンパク質がとれるし、ビタミンやミネラルも豊富だから、これもダイエット食として人気だよ」

若葉ちゃんがごくっと喉を鳴らした。ダイエットの応援をしてくれる料理だと分かったら、安心して食欲が刺激されたのかもしれない。

彼女が、『ごはんを食べる幸せ』を、この料理で思い出してくれたらいいなあ、と思う。あの日、できたてのおにぎりとお味噌汁が、私に食べる喜びを思い出させてくれたのと同じように。

朝日さんの料理には、それくらい力があると思う。優しくてあたたかい力。きっと彼の言葉や表情も含めて、この店のお夜食は、お客さんを柔らかく包み込み、心を解きほぐしてくれる。

「あとは、白ごはんも出したいところだけど、あんまり気乗りしないかな？」

朝日さんに訊ねられて、若葉ちゃんがこくりと頷いた。

「だって、お米って、カロリー高いんですよね……」

「まあ、糖質が多いから、そういうイメージはあるよな。でもつまり、それだけエネルギー源として優秀ってことだ。だからやっぱりちゃんと食べてほしいな」

「…………」

「カロリーが気になるなら、ごはんの量を少し減らせばいいよ。腹八分目ってやつだな」

「ああ、それなら……」

若葉ちゃんが頷いたので、私は食器棚から小さめのごはん茶碗を取り出し、おひつの蓋を開けた。

白ごはんを杓文字で軽めにすくい、小さく盛って、彼女に手渡す。

「野菜から食べれば、糖質の吸収がゆっくりになるよ」

「分かりました。ありがとうございます」

若葉ちゃんは深々と頭を下げ、それからそっと両手を合わせて、

「いただきます」

と丁寧に呟いた。

巣ごもり卵のキャベツを箸でつまみ、口へ運ぶ。

「わっ、おいしい……！」

驚いたように目を丸くして口許《くちもと》に手を当てている。

二口、三口と口に含んで、しっかりと嚙んで、ごくりと飲み込む。それから焼き椎茸を一口で頰張った。

「うわあ、なんだろう、なんか、すっごくおいしいです！　ああもう、語彙力なくてすみません！」

もどかしそうに言う若葉ちゃんに、朝日さんがあははっと笑った。

「空腹は最高のスパイスっていうもんな。ずっと我慢してたから、それだけおいしく感じるんだよ。頑張ってきたご褒美だな」

彼の柔らかい口調と包み込むような言葉に、私の胸までじわりとあたたかくなる。

「……はい」

若葉ちゃんも同じようで、きゅっと唇を嚙んで少し俯いた。きっとこれまでの我慢と頑張りを思い出しているのだろう。

彼女の箸が、キャベツの巣に身をうずめた卵を小さく切り取る。中からとろりとこぼれたオレンジ色の黄身が、キャベツに絡んでゆっくりと浸透する。

「おいしい……おいしいです」

若葉ちゃんは、いつの間にか、泣いていた。

ぽろぽろと涙をこぼしながら、おいしいおいしいと言いながら、次々と料理を平らげていく。朝日さんはとてもとても満足そうな笑みを浮かべていた。

こんなにおいしそうに食べてもらえたら、作った側としては最高に嬉しいだろう。

ああ、もしかしたら、若葉ちゃんのお母さんも、そうなのかもしれない。若葉ちゃんがおいしいおいしいと食べる姿が愛《いと》しくて、たくさんごはんを作るのかもしれない。

そこには紛れもなく愛情があって、ただ、その形が、今は若葉ちゃんが求めているものと少し違ってしまっていて。

人と人との関係は難しい。たとえ、血のつながった親子であっても。

「はあ……おいしかった。こんなにお腹いっぱい食べたの、本当に久しぶりです」

食事を終えた若葉ちゃんは、泣き笑いの顔を朝日さんと私に向ける。

「ご馳走さまでした」

両手を合わせて噛みしめるように言ったあと、彼女が動かなくなった。俯き、空になったお皿を見つめながら、苦しそうな息を吐き出す。

「――捨てちゃったんです。食べ物を……」

そんな告白と同時に、ひっくひっくとしゃくり上げる声が聞こえてきて、私と朝日さんは顔を見合わせた。

「お母さんが作ってくれたごはん、どうしても食べたくなくて、捨てちゃったんです、わたし……」

聞いている私まで泣きたくなるくらいに、悲しげな、悔しげな、罪の意識にまみれた声だった。

「せっかく作ってくれたのに、忙しくても作ってくれたのに……」

「そっか。それはつらいなあ」

朝日さんがぽつりと言う。若葉ちゃんは潤んだ目を上げ、

「最低な娘ですよね……」

と口許を歪めた。私も、作る側からしたら料理を捨てられるのはつらい、という意味かと思ったけれど、朝日さんは首を横に振った。

「いや、違うよ。お母さんも、若葉さんも、つらいなって言ったんだ」

「え……」

若葉ちゃんが目を見開く。

「せっかく作った料理を捨てられちゃうのは、作った人間からしたら、そりゃもちろんつらい。かなりつらい」

「……はい」

「でも、食べたくないものを食べなきゃいけないってのも、すっごく、つらいよな。分かるよ、俺にもそれはよく分かる……」

朝日さんは静かに言い、ゆっくりと瞬きをした。

食べたくないものを食べなくてはいけない経験を、こんなまなざしで語らなければいけないなにかを、彼は抱えているのかもしれない。

「お母さんも、君も、どっちもつらい思いをしてる状況に、今、なっちゃってるんだなあ。どうしたもんかねえ……」

若葉ちゃんはお皿に目を戻し、しばらく黙り込んで、

「……話し合うしか、ないですよね」

そう、ぽつりと言った。

「わたし、明日お母さんが帰ってきたら、お母さんと話し合ってみます。自分の気持ちを、今までみたいに変にごまかしたり隠したりしないで、正面からちゃんと話してみます」

うん、と朝日さんが目を細めた。

「こういう……お腹いっぱい食べても太りにくい料理が、ちゃんとあるんですよね。ただ量を減らしたりごはんを抜いたりするんじゃなくて、こういうものを、ちゃんと必要な量、食べるのが大事なんですよね」

若葉ちゃんは、返事を求めるというよりは、ただ自分の気持ちを整理するように語る。

「それに……わたしが作ったっていいんですよね。お母さんが夜勤の日は、わたしが

ヘルシーな料理を作ったっていいんだ。そしたらお母さんも一緒にダイエットできるし。お母さんには長生きしてもらわなきゃ困るから」

そう言って明るく笑った若葉ちゃんの笑顔は、きっとお母さんにすごく似ているのだろうと、なんとなく感じた。

＊

「ずいぶん景色が華やいできたなあ」

食事を終えた若葉ちゃんをふたりで一緒に家まで送り届けたあと、店に戻る道すがら、朝日さんが商店街の飾りつけを眺めながら言った。彼の横顔が街灯に照らされ、流れるような輪郭や長い睫毛《まつげ》があたたかいオレンジ色に輝いている。

「そうですね。クリスマス、もうすぐですもんね」

私がそう応えると、彼はにこにこしながら続けた。

「なんかさ、特別な予定なんかなくても、クリスマスって意味もなくわくわくするよな」

「……そうですね」

朝日さん、『特別な予定』、ないんだ。恋人とか、いないってことかな。そんな邪念が入ってしまったせいで、少し返事が遅れてしまった。それを否定か、微妙な反応と捉えられてしまったようで、朝日さんが首を傾け、覗き込むようにして私の顔を見つめてきた。

「クリスマス、あんまり好きじゃない？」

「いえ。……好きでも嫌いでもない、って感じですかね」

正直に答えると、朝日さんが「そっかそっか」と頷いた。どうして、とか訊かれるかなと思ったけれど、彼は何も言わなくて、ほっとした。

赤と緑で彩られた街を眺めながら、子どものころはクリスマスが大好きだったな、と思う。サンタさんにお願いするプレゼントは何にしようかと、クリスマスの1ヶ月以上前から毎日のようにお姉ちゃんとあれこれ相談したり、クリスマスイブの夜に翌朝のプレゼントのことを思って胸を躍らせながら眠ったり、そういうのももちろん楽しかったけれど、それだけではない。お母さんが時間をかけて作ってくれた、テーブル一面を埋めつくす色とりどりのクリスマスメニューやケーキ、いつもより早く帰宅するお父さんが買ってきてくれる華やかなパッケージのフライドチキン。クリスマスはまぎれもなく特別な日で、一年でいちばん楽しみでわくわくする夜だった。

それがいつしか、ただの365日の中の1日でしかない日になった。お父さんが仕事を理由に帰らなくなり、お姉ちゃんも友達や彼氏と会うからと家で食事をしなくなり、私とお母さんだけで過ごす聖夜は、テーブルの片隅に置かれた2枚のクリスマスプレートと、お店で買ってきたカットケーキ2切れを前に、どこか薄暗く冷たく感じるダイニングで、さして話すこともなく、ひどく華やかで賑やかなテレビのバラエティー番組を見ながら黙々と食事をするだけだった。きっと今年のクリスマスは、手作りの料理すらテーブルには並ばないのだろう。

もしかして、来年も、再来年も？　そう思ったとき、ちくりと胸に棘が刺さった。

それから、家に帰っていくときの若葉ちゃんの、すっきりしたような晴れやかな笑顔が浮かぶ。きっと若葉ちゃんと彼女のお母さんは、私のうちとは対照的な、賑やかで楽しいクリスマスを過ごすのだろう。そんな様子を想像して、さらに胸がずきずきと痛む。

これまでの私なら、痛いなあ、と思って終わりだった。痛みは我慢するしかないと思っていたから。

でも、今は、少し違う。『本当にそれでいいの？』と、心の中でもうひとりの自分が眉をひそめ、問いかけてくる。

お母さんとの関係が、つながりが、どんどん薄く、弱く、脆くなっていっている気がする。それを分かっていて、虚しく思っているのに、何もせずにただ遠ざかってい く背中を見つめているだけでいいの？　若葉ちゃんを見習って、ちゃんと向き合って話をするべきなんじゃないの？

「……私も、いつか、お母さんと、ちゃんと話さなきゃいけないですよね……」

頭の中でぐるぐる考えていたことを、思わず口に出してしまった。

朝日さんにとっては文脈も何も分からない内容のはずだけれど、彼は怪訝な顔もせずに「うん」と応じてくれる。

お母さんにいつまでも嘘をついて、騙して、ごまかしておくわけにはいかない。

今はただ、現実を見たくなくて、目を背けているだけの状態だ。取り組むべき問題を後回しにして、解決を先送りにしている。

いつまでもそんなふうに中途半端に放置しておくわけにはいかない。

「そうだなあ」

朝日さんはそう言って頷き、ふっと夜空を仰いで、「でも」と続けた。

「もし、話してみてだめそうなら、諦めてもいいんだぞ」

私は「えっ」と首を傾げる。彼は小さく笑って続けた。

「世の中の全ての親子が、心底分かり合えるわけじゃない。いくら腹を割って話しても、だめなもんはだめだし、理解できないことはある。だから、じっくりちゃんと話してみて、それでもだめだと思ったら、諦めちゃえばいい。分かるまで話さなきゃいけない、なんてことはない」

私は思わず口を開く。

「……家族なんだから話せば分かる、とか言わないんですね」

家族なら、時にはすれ違うようなことがあっても、ちゃんと向き合って話し合えば解決できるはずだと、世間的には考えられていると思う。

でも、朝日さんは、ははっ、とどこか乾いた笑いをもらした。

「——俺もまあ、それなりに、親とは色々あったから。たとえ家族でも、どんなにまっすぐ話しても、分かり合えないことはあるって知ってるよ」

意外だった。朝日さんのように明朗快活でおおらかな人は、きっととても仲良くあたたかい家庭で育って、親ともうまくいっているのだろうと、勝手に想像していた。

さっき見た彼の静かで遠いまなざしが、ふいに脳裏をよぎる。

「……そうですね。覚えておきます」

私は空へと視線を移し、そう答えた。

見上げた夜空には、冬の澄んだ空気に月が冴え渡り、星がひとつ、ふたつ、瞬いていた。

3
章

食べてみたい

3.0　ふかし芋と豆乳おからクッキー

「凌ちゃーん」

ママの声がリビングのほうから聞こえてきた。

ぼくは読んでいた本から顔を上げて、「はーい」と答える。

「おやつ、できたわよお。いらっしゃい」

よっしゃあ、おやつ。待ってました。今日もぼくのお腹はぺこぺこなんだ。

本を閉じて部屋を飛び出して、廊下を一気に駆け抜けた……りしたら、お行儀が悪いと叱られるので、慌ててスピードを落とす。

そのままの勢いでダイニングに直行しかけたけれど、手を洗っていないことに気づいて、急いで洗面所へと方向転換した。

手洗い・うがいを終えて、とうとう目的地に辿り着く。

さあ、お待ちかね、おやつの時間だ。

今日のおやつはなんだろう。

もしかして、もしかすると、今日こそは。

「どうぞ、召し上がれ」

ママが笑顔でテーブルの上に並べたお皿に、ぼくはどきどき、はらはらしながら目を向けた。

そして、いつも通りの茶色いおやつを見たとたん、ぼくの口から、ああ……と声が出そうになった。なんとかこらえる。

「今日のおやつは、なんと、ふかし芋と、豆乳おからクッキーよ」

ママはまるで秘密の豪華なプレゼントを発表するように言うけど、ぼくにとっては残念な悲しいお知らせだ。

「さあ、凌ちゃん、座って」

「はあい……」

ぼくは力なく頷いて、ダイニングテーブルの椅子に座った。

あんなにお腹が空いていたはずなのに、いざお皿に盛られたおやつを前にすると、食欲は一気にしゅるしゅるとしぼんでいく。

それと同時に、今日は、今日こそは、『普通のおやつ』が出てくるかもしれない……という淡い期待も、ぱちんと弾けて消えていった。

「ふたつともできたてだから、おいしいわよお、うふふ」

ママがぼくの向かい側に座り、頬杖《ほおづえ》をついて満面の笑みでぼくを見ながら言った。

「……うわあ、おいしそう。いただきまあす……」

ぼくは溜め息が出そうになるのを必死に我慢して、両手を合わせた。

輪切りのさつま芋をフォークで刺して、口に運び、もそもそと食べる。

テレビで見た『石焼き芋』は、金メダルみたいな真っ黄色で、見るからにしっとりつやつやしていて、『まるで生クリームみたいにとろとろの食感』だと、食べた芸人さんが言っていた。すごくおいしそうだった。

ママの『ふかし芋』は、蒸し器で蒸して作ったもので、おいしくないわけではないんだけど、しっとりもしているけれど、でも、とろとろって感じではないし、食べているうちにぱさついてきて、最後は粉っぽくなって、飲み込むときは口の中にへばりつく感じがする。

石焼き芋、おいしそう。食べてみたいなあ。あのとき、テレビを見ながら思わず呟いたら、ママは『だめよお』と嫌そうな顔をした。

『ああいうのはね、品種改良して人工的に甘くしたお芋を使ってるのよ。糖度30度なんて、お芋をお砂糖まみれにしちゃってるみたいなものよ。あんな不自然で人工的な食べ物は、凌ちゃんには食べさせられないわ……。それに比べてうちで食べてるお芋は、有機栽培の〝ちゃんとしたお芋〟だから、自然な甘さで、身体にも優しいのよ。安心して食べられるわ』

ぼくは思わず、はあ、と小さく息を吐いて、次に豆乳おからクッキーを手に取る。ぼくはこれがあんまり好きじゃない。甘さもないし、においもないし、まるで乾燥したパンみたいにかさかさで、口の中の水分を全部もっていかれる感じがする。

「凌ちゃん、飲み物も飲まなきゃだめよ」

ママが差し出したふたつのコップになみなみと注がれているのは、手作りの野菜スムージーと、豆乳だ。どっちも、全く甘くなくて、野菜や豆のにおいばっかりで、全然おいしくない。

ママは牛乳より豆乳のほうがヘルシーで栄養もあると言って、豆乳しか買わない。朝の飲み物も、クリームシチューに使うのも、牛乳じゃなくて豆乳。しかも『無調整豆乳』という大豆を搾っただけみたいな味のついていないやつ。前に一度飲んだことがある『調整豆乳』のほうは、けっこう甘くておいしかった。それなのにママは、わざわざおいしくないほうを買うのだ。正直、意味が分からない。おいしいほうがいいに決まってるのに。

ぼくはクッキーをもそもそ食べながら、部屋の中を見渡す。

自然、天然、オーガニック、無農薬、有機野菜、化学肥料不使用、無添加、無着色、グルテンフリー、シュガーフリー、ギルトフリー。リビングの棚に並べられた本の背表紙や、キッチンにある食べ物のパッケージなど、家のあちこちに散らばっている、ママが愛してやまない言葉たち。

ママが言うには、白いお米も、白いお砂糖も、『不自然で身体に悪い』んだそうだ。だからうちで食べるのは玄米だけだし、お砂糖は白じゃなくて茶色か黒だけ。でも、どう見たって、白いほうが綺麗だし、おいしそうだ。

給食のある学校だったらよかったのに、うちの小学校はお弁当だから、ぼくは朝ごはんも昼ごはんも、おやつも夜ごはんも、全部ママの手作りのものしか食べられない。

うちは外食もしない。『お店の料理はなにが入ってるか分からない、有害な食べ物かもしれない』からだ。

「凌ちゃん、お腹いっぱいになった？」

ママがにこにこしながら訊いてくる。

「足りなかったら、もうひとつ他のおやつ出しましょうか？」

「えっ……」

もしかして、もしかすると、今度こそは。

「黒ゴマきな粉ヨーグルトならすぐに用意できるわよ」

しゅるしゅる、ぱちん。

「……ああ、うん」

「凌ちゃんは成長期だから、たくさん食べなきゃね」

ぼくはなんとか笑顔で応える。

「……うん、でも、大丈夫。もうお腹いっぱいだよ、ママ」

おやつのあと、テレビをつける。

一日のテレビの時間は、朝8時から夜8時までの間のどこかで、合計1時間だけと決められている。

たった1時間だ。だから、好きな番組をうっかり見逃してしまったりしないように、自分なりにテレビスケジュール表を作ってある。

たとえば、水曜日は1チャンネルで夜7時から8時までのクイズ番組、土曜日は4チャンネルで夜7時から8時までのお笑い番組。友達みんなが見ている番組だから、見ておかないと『変なやつ』になってしまう。変なやつと思われたら友達がいなくなってしまうから、一日に1時間しかテレビを見られないということは誰にも言っていない。

今日は火曜日。夕方5時から30分間、見たいアニメがあるから、それを見るためにテレビをつける。30分経《た》ったら消す。残りの30分は、夜のバラエティ番組のためにとっておく。1時間番組だけれど、15分から45分までの、いちばんCMが少ない時間帯を狙えば、30分でもそれなりにおいしいところは楽しめる。

アニメが始まった。オープニングテーマが流れたあと、CMが入る。ああもう、早く本編に入ってくれればいいのに。いつものことだけど、嫌になる。ぼくにとっては貴重なテレビタイムなんだから。

でも、お菓子のCMが始まったので、ぼくは思わず画面を食い入るように見つめる。

青、緑、黄色、赤、紫、ピンク。これでもかというくらい色鮮やかなお菓子に、目を奪われる。すごいなあ、真っ青な食べ物なんて、口に入れたこともない。

「ああ、やだやだ」

ママが食器を洗いながら、テレビを見て顔をしかめた。

「嫌ねえ、なんて下品なのかしら。こういうものってね、着色料やら化学調味料やら山盛り使って、見た目も味も全部人工的に作ったものなのよ。こんなの食べ物とは言えないわよねえ」

ママはホラー映画でも見ているみたいな顔で言う。

そうだよね、とぼくは上の空で応えた。もう聞き飽きた。小さいころから何度も何度も何度も繰り返し聞かされてきたんだから、今さら言われなくても、ぼくだって、よおく分かっている。こういうお菓子は、身体に毒だから、食べちゃいけないんだ。

それでも、ぼくは、目が離せない。

テレビのCMで毎日のように見かける、カラフルで甘そうな『不健康なお菓子』に、ぼくは昔から、ものすごく憧れていた。言葉にできないくらい、憧れていた。

キャンディってどんな味なんだろう。グミってどんな食感なんだろう。ガムは噛んでも噛んでもなくならなくて、でも味はなくなるらしい。なんだそれ、まるで魔法みたいだ。どんな感じなのか、想像もできない。

でも、それよりなにより気になるのは、なんといっても、チョコレートだ。

もしも神様から、『ひとつだけ好きなお菓子を食べさせてあげよう、なにがいい？』と言われたら、ぼくは迷わず『チョコレート！』と叫ぶだろう。

溶けて液体になったチョコレートの、あのぬめっとした、とろっとした質感の映像を見ると、一度でいいから口の中で溶かしてみたいと思わずにはいられない。もしも目の前にチョコレートの滝があったら、死ぬかもしれないと分かっていても、絶対に飛び込んでしまうと思う。

ああ、食べてみたい、食べてみたい、食べてみたい。

あっ、でも、ポテトチップスも捨てがたいなあ。

テレビに出ている有名人の人とかが、『どうしてポテトチップスは夜中に食べたくなるのか』とか、『深夜のポテトチップスはやめられない』とか、『一袋全部食べるまで手が止まらない』とか、あるあるネタのように言っている。そのたびに、気になって気になって仕方がないのだ。真夜中にお菓子を食べるなんて、気絶しそうなくらい悪いことなのに、その罪悪感すらスパイスになるレベルのおいしさなんて、どれだけおいしいんだろう。きっと悪魔的なおいしさなんだ。

でも、ママは言う。

『チョコレートなんてお砂糖と脂の塊よ。しかも、食品添加物や化学調味料が大量に入ってるのよ。たしかにカカオ豆にはポリフェノールとか健康にいい成分も入ってるみたいだけど、それを上回る不健康なものが入ってるんだもの。チョコレートなんか食べるくらいなら、カカオ豆をそのまま食べたほうが、まだましよ』

『ポテトチップスですって？　じゃがいもを大量の油で揚げて大量の塩をまぶした、不健康の代表みたいな食べ物よ。毒にしかならないわ。身体にとって大事な栄養は全然入ってないのに、100グラムで500キロカロリー以上もあるのよ、信じられない。あんなもの食べる人の気が知れない』

そんなふうに言われたら、一口でいいから食べてみたい、とも言えなくなってしまった。

だけど、やっぱり、どうしても、食べてみたい気持ちを抑えられない。だから、

「……ぼく、何歳まで、こういうもの食べないまま大きくなるのかなあ」

さりげない感じで、別に食べてみたいわけじゃないけど、みたいな感じで、言ってみる。

ママがちらりとぼくを見て、でも洗い物をする手は止めないまま、首を横に振った。

「何歳でも食べないほうがいいに決まってるじゃない」

ぼくはひゅっと息を吸う。だよね、とおからクッキーみたいなかさかさの声で答える。

カウンターの上には、ママが綺麗に洗ったお皿やマグカップやコップが、定規ではかったみたいに等間隔に整列している。

「……でも、ほら、どんな味かくらいは知っといたほうがいいかな、とか、思わなくもないかな、とか……」

ぼくは笑いながら続けた。

「社会勉強っていうか、人生経験として、みたいな……」

「まあ、凌ちゃんたら、そんな難しい言葉、知ってるのね。賢いわねえ」

違うんだ、そんな言葉が欲しいんじゃないんだ。

ママはぼくの気持ちなんて知るはずもなく、蛇口をきゅっと下げて水を止め、手を拭きながら「そうねえ」と少し首を傾けた。

「はたちになったら、まあ、少し味見するくらいなら、いいかしら……」

ぼくは絶望的な気分になった。

はたちだって？　あと10年もあるじゃないか。これまで10年間耐えてきて、それと同じ時間待てってこと？　すでに我慢の限界なのに、まだ道の半分までしか来てないってこと？　無理だよ。

ママがカウンターの上の濡れた食器を乾いたふきんで拭きながら、黙ってぼくを見ている。

ひやりとした。もしかしたら、ぼくの不満や欲望に気づかれたかもしれない。

「ママはね、凌ちゃんのために言ってるのよ」

ぼくをじいっと見つめるママの視線が、ロープみたいにぐるぐるとぼくの身体に巻きついてくる。

「凌ちゃんのことが本当に本当に大好きで大事だから言ってるの。もしも凌ちゃんが病気になったりしたら、ママ、心配でおかしくなっちゃうもの」

これがママの口癖だ。こういう話題になると必ず出てくる、『ぼくのため』『ぼくのことが大事だから』『心配だから』。そう言われると、反論するのはすごく悪い子みたいな気がしてきて、ぼくはなにも言えなくなる。

でも、やっぱり、言いたいことが消えるわけではない。心の底に、どんどんたまっていく。

ぼくの身体のためを思ってくれているのは本当なんだろうけど、でも、じゃあ、ぼくの心は？　ぼくの身体さえ健康だったら、ぼくの心は、どうでもいいの？

そんなふうに言い返せたら、どんなにすっきりするだろう。

まあ、どうせ、言えないんだけど。

＊

「凌真《りょうま》！」

マンションのエレベーターで7階に行くと、ドアが開いた瞬間、陽太が笑顔で迎えてくれた。ぼくも笑って手を振る。

今日は土曜日で、昼過ぎから、友達と3人で遊ぶ約束をしていた。メンバーは、同じマンションに住んでいて同じ小学校に通っている同い年の陽太と、マンションの近くに住んでいる同じクラスの琉斗《りゅうと》だ。

「よお」

と陽太が軽く手を上げて挨拶をする。

「ん……」

うん、と言ったつもりだったけど、う、が小さくなってしまった。

おう、とか、よお、とか応えたほうが、小4男子っぽいんだろう。うん、なんて子どもっぽいと自覚している。でも、なんというか切り替えるタイミングがよく分からない。言葉遣いを変えるのはすごく難しい。

さっぱりした性格の陽太は、そんなぼくの微妙な挨拶など気にせず、

「母ちゃん！　凌真来たよー！」

玄関のドアを開けて、家の中に向かって叫んだ。

母ちゃん、だって。いいなあ、『ママ』以外で呼べるの、羨ましい。

ぼくのママは、絶対に呼ばせてくれない。

周りの男子は4、5歳ごろから少しずつ『ママ』や『ぼく』など子どもっぽい話し方を卒業していき、小学生になるころにはみんな『お母さん』や『おれ』に変わっていた。

でも、ぼくは、いまだに卒業できていない。ママが他の子のおしゃべりを聞いて、こっそりぼくに「あんな乱暴な言葉遣いは真似しちゃだめよ」と釘《くぎ》を刺してくるからだ。乱暴な言葉を使うと、乱暴な性格になっちゃうのよ。それがママの考え方だ。かといって、ぼくだって、友達の前で『ぼく』とか『ママ』とか言うのは恥ずかしいので、自分のことやママのことを呼ばないように気をつけて過ごしている。たまにぽろっと口にしてしまったときは、まさに顔から火が出るくらい恥ずかしい。

「凌真くん、いらっしゃい！」

陽太のお母さんが笑顔で奥から出てきた。何度か会ったことがあるけれど、陽太によく似た笑い方の、明るくてさっぱりした感じのお母さんだ。

ぼくはママに言われた通り、ぺこりと頭を下げる。

「こんにちは。お邪魔します」

「まあ、凌真くん、相変わらず礼儀正しいわねえ。陽太も見習ってほしいわあ、ほんとに」

「いえ、そんな、全然」

ぼくは首を振り、それから手に持っていた紙袋を差し出す。ママから手土産《てみやげ》を持たされているのだ。

「あの、これ、つまらないものですが……」

「あらあ、まあまあ、わざわざそんな気を遣わなくても……」

陽太のお母さんはそう言いながら紙袋の中を見て、すぐに「きゃあ、すごい！」と歓声を上げた。ぼくはその声にびっくりして、陽太のお母さんの顔を見上げる。

袋の中には、ママの手作りおやつと、ママが書いたメッセージカードが入っているはずだ。今朝、おやつを焼きながら、『本日は凌真がお世話になります。お口に合うか分かりませんが、よろしかったら皆さんで……』みたいなことを書いているのを見た。

「これ、もしかしてお母さんが作ってくださったの？」

「あっ、はい、そうです」

「すごい、おいしそう！　ラッピングも可愛い、素敵ー！」

陽太のお母さんが興奮したように言うのを見て、陽太も袋の中を覗き込んだ。

「おおっ、すげえ！　お店のみたい、めっちゃうまそう。うちの母ちゃん、こんなおしゃれなの作ったことないぞ」

「うわ、またそんなこと言って！　もう、ほんっと生意気なんだから」

仲が良さそうに言い合うふたりを見ながら、ぼくは不思議な感じがした。今日ママが作ったのはたしか、米粉と豆腐の焼きドーナツ、オートミールとバナナのパウンドケーキ、黒蜜ときな粉の寒天ゼリー、それと昨日のおやつの残りのアーモンドミルクプリン、にんじんとかぼちゃのマフィンも入れると言っていたっけ。いつも通りの、茶色っぽい地味なおやつばかり。

ぼくは正直、もう見たくもないというくらいに飽き飽きしているのに、陽太たちはすごく嬉しそうだ。

それなら、代わってくれたらいいのに。ふとそんな思いが浮かんでしまって、あまりにも嫌みな考えに、自分で自分が嫌になった。

「さ、凌真くん。どうぞ、上がって上がって」

「あっ、ありがとうございます」

ぼくは靴を脱いで、左右しっかり揃えて、「お邪魔します」と家に上がった。そのままリビングに通される。

「琉斗まだかなー」と陽太がぼやくと、お母さんが「そのうち来るわよ」と言った。

「とりあえず、ジュースでも飲みながら待ってたら？」

ジュース!?　陽太のお母さんがさらりと言った言葉に、ぼくは耳を疑った。

ぼくのうちではジュースも禁止だ。果物《くだもの》はそのまま食べるのがいちばん、ジュースにしたら栄養が減ってしまうとママは言う。どうしてもジュースが飲みたいなら野菜のスムージーにしなさい、と言われた。アイスが食べたいと言ったら氷にしろと言われたようなものだ。

そんな憧れのジュースが、とうとう飲める。りんごジュースか、グレープフルーツジュースか。なにが出てくるんだろう。

どきどき、わくわくしながら、じっと座って待っていると、陽太のお母さんがキッチンからペットボトルを何本か抱えて戻ってきた。ペットボトルを見ただけで、期待の気持ちがどんどん膨らむ。

「はい、どうぞ。好きなの選んでー」

陽太のお母さんが笑顔でテーブルに並べたのは、カルピス、レモンスカッシュ、オレンジジュース、ぶどうジュース、コーラ、サイダー、メロンソーダ。

うわあ、と叫びそうになった。夢のようなラインナップだ。

どれもママが『質の悪い砂糖水』だとか『炭酸のジュースは骨が溶ける』だとか言って、一度も飲ませてくれたことがないものだった。

そんな貴重なものが、こんなにたくさん、まるまる1本、しかも選び放題なんて。

ここは夢の国か？

ぼくは目の前にずらりと並んだジュースをじっと見つめる。ごくりと喉が鳴った。

白、黄色、オレンジ、紫、黒、水色、黄緑。

ああ、なんてカラフルなんだ。やっぱりここは夢の国だ。天国だ。

うわあ、どうしよう、選べない。全部気になる。全部おいしそう。

できれば2本、いや3本でも飲みたいところだけれど、ひとさまのおうちにお邪魔しているのに、そんな欲張りなことはしちゃいけない。お行儀が悪い子だと思われたらいけないし、そのせいでジュースを飲ませてもらえなくなったらもっと困る。

こんなチャンスは二度と来ないかもしれない。一生に一度かもしれない。少なくともあと10年は確実に飲めないのだ。だから、本当に本当に慎重に選ばないといけない。興奮と緊張で、全身がぶるりと震えた。

さあ、どれにしよう。どうする、ぼく。

悩みすぎて決められないでいるうちに、ピンポーンとチャイムが鳴り、陽太が玄関に飛んでいった。聞こえてきたのは琉斗の声だ。

「やっほー、凌真、陽太。あ、おばちゃん、お邪魔しまーす」

マイペースな性格の琉斗は、のんびりと挨拶をしながら、ぼくの隣に座った。もこもことしたダウンジャケットを脱ぎ、「外、めっちゃ寒かったー」と言いながら真っ赤になった頬をごしごし擦《こす》る。

陽太のお母さんが「琉斗くん、いらっしゃい」と言い、それから両手いっぱいにいろんな色の袋や箱を抱えて、キッチンから出てきた。

「こっちも色々あるから、それぞれ好きなの選んでねー」

そう言って差し出されたのは、たくさんのお菓子だった。テレビで見たことのあるお菓子ばかりだ。ぼくはぽかんと口を開いて固まった。

「あ、食べすぎはよくないから、ひとりふたつまでね」

「はーい」

陽太と琉斗が声を合わせて応えた。陽太のお母さんは、「凌真くんのお菓子も用意してくるねー」と楽しそうに言ってキッチンに戻っていく。

やっと我に返ったぼくは、思わず心の中で、ええっ!? と叫んだ。声を出さないようにするのに必死だった。

カラフルなジュースだけでも嬉しすぎて震えたのに、今度はカラフルなお菓子まで出てくるなんて。しかも、ふたつも食べていいの!? ふたつも!?

うわあ、うわあ、奇跡だ! 今日は間違いなくぼくの人生最高の日だ!

テーブルの上にずらりと並べられたお菓子を、陽太と琉斗は「どれにしよっかな～」「これはもう飽きたしな～」などと軽い感じで漁《あさ》っている。

「とりあえずこれでいっかー」

「早くゲームしようぜ!」

「おう!」

ふたりは早々にお菓子への興味を失い、ゲーム機の電源を入れた。ゲームをしながら、おしゃべりしながら、ときどきテーブルに手を伸ばし、でもお菓子のほうはろくに見ずに手探りで適当につかんで、ゲームの画面を凝視したまま、ほとんど無意識という感じで口の中に放り込み、むしゃむしゃと食べた。

ああ、なんてもったいない。貴重なお菓子を、そんなふうに、どうでもよさそうに食べるなんて。ちゃんと一口ずつ味わって食べなきゃもったいないじゃないか。

ぼくは言葉もなく、瞬きをすることすら忘れて、これ以上は無理というくらい大きく見開いた目で、夢のお菓子をひとつずつまじまじと眺める。

憧れのポテトチップスと、大粒のチョコレート。それだけじゃない、グミにラムネにキャンディ、ビスケット、クラッカー。他にもいくつものスナック菓子や焼き菓子、豆菓子や米菓。喜びと興奮で目がくらむ。

どれもあまりにもおいしそうで、この中からたったふたつなんて選べなくて、硬直したままじっと見つめていたら、陽太のお母さんが大きなお皿を持ってリビングに戻ってきた。ぼくを見てはっとした顔をして「あっ！」と口に手を当て、それから困ったように苦笑いを浮かべて言う。

「ごめんね、凌真くんはこんな安っぽいもの、食べないよねえ」

「えっ……」

一瞬、絶句してしまう。まさかの誤解をされてしまった。

「いえいえ、そんな……」

必死に首と両手を振ったけれど、陽太のお母さんは謙遜だと思っているのか、

「恥ずかしいなあ、こんな買ったものばっかり。私、お菓子作りなんて全然できないから……」

と照れたように続けた。

「凌真くんのお母さんには、このこと、秘密にしてね？」

陽太のお母さんがそう言って唇に人差し指を当て、「しー」のジェスチャーをするのを見て、ぼくは、

「あっ、はい！　もちろん」

と力強く頷いた。ママに内緒でお菓子を食べさせてもらえるのかと思ったのだ。

……でも、違った。

「凌真くんに市販のお菓子を出したなんて、絶対言えないわあ。凌真くんのお母さん、無添加の自然食品しか食べさせてないっていつも言ってるもんね。こんな素敵なおやつ、毎日手作りしてるんでしょう、本当にすごいわ。それなのにこんなお菓子出して、

凌真くんを困らせちゃってごめんね。凌真くんは遠慮なく、お母さんの手作りおやつ、食べればいいからね」

「あ……」

陽太のお母さんが、ぼくの憧れのお菓子を全てぼくの前からどけてしまった。あいた空間に代わりに置かれたのは、いつもの茶色いおやつ。

いいえ、そっちの普通のお菓子でいいんです。普通のお菓子が、いいんです。

本当に本当に、どうしても、そのお菓子が食べたいんです。

でも、言えない。もしもママに知られたら、大変なことになる。

だから、ぼくは、笑顔で頷いた。

「……はい。ありがとうございます」

＊

『絶望』って、こういうことなのか。

今まで何度も、『絶望的な気分』を味わったつもりでいたけど、本当の絶望はそんなレベルじゃないのだと、今日初めて思い知らされた。

ずっとずっとずっと憧れていた、喉から手が出るほど欲しかったものが、とうとう目の前に降ってきて、少し手を伸ばせばすぐに届くほど近くにあって、でも、触れる前に遥か彼方へと一気に飛んでいって消えてしまったのだ。

これが本当の絶望だ。

そして、絶望するぼくの隣では、友達が、ぼくの憧れの食べ物を、無関心な顔で流れ作業のようにぱくぱく食べていた。あまりにも虚しくて、悲しくて、全然楽しめなかった遊びの時間が終わっても、ぼくはまっすぐ帰る気にはなれなかった。エレベーターが自分の家の階に着いても、ぼくは外に出ることなく、そのまま『閉』と『1』のボタンを押した。

1階でエレベーターから出て、エントランスの壁掛け時計を見る。3時だ。まだ帰らなくてもママには寄り道したなんてばれないだろう。

ぼくだってもう10歳なんだ。ひとりで外を出歩くくらい、ちょっと無断で外に出るくらい、普通だ。まだ3時だし、大丈夫だ。

とにかくまだ家には帰りたくない。今ママに会ったら、ママの顔を見たら、これまでの不平不満を全部ぶつけてしまいそうだった。

エントランスから自動ドアを通り抜けてマンションの外に出ると、駅に直結している歩道橋が目の前にある。

冒険物語の主人公みたいに、目的もなく思いのままに電車に飛び乗って、どこか遠くへ行きたいなと思った。でも、今日はお財布を持っていないから、電車には乗れない。どこにも行けない。

とりあえず駅前まで行き、改札の前を素通りして、マンションとは反対方向の階段を降りる。

「さむ……」

思わずひとりごとをもらす。もう12月も半ばで、外はひどく寒い。今日はマンション内の陽太の家に行くだけの予定だったから、シャツの上にカーディガンを羽織っているだけだった。

近所とはいえ、駅の反対側には来たことがなかった。マンションのあるほうとは少し雰囲気が違う街を、ふらふらと歩く。

高架下にたくさんの店が並んでいて、珍しい光景にぼくの視線は吸い寄せられる。

駅のすぐそばにあるコンビニがふと目に入った。

とりあえず寒さから逃れたくて、コンビニに入ることにした。他の店はごはん屋さんや服屋さんのようで、小学生がひとりで入れそうなのはコンビニくらいしかなかった。

でも、ぼくは、コンビニに入るのも実は初めてだった。ママは『コンビニに売っているものは全部人工物で身体に悪いのよ』と言っていて、買い物をするのはオーガニック食材専門のスーパーだけなのだ。

だから、映像や写真以外でコンビニの中を見るのも初めてで、こんな感じなのかぁと思いつつ、雑誌コーナーや生活用品の並ぶ棚をちらちらと観察した。

お財布がないのでもちろん買い物はできないから、なにか探しているふりで店内をうろうろする。

真ん中あたりにある商品棚を見た瞬間、ぼくの心臓の鼓動は一気に高まった。

うわあ、お菓子だ！　お菓子がいっぱい！

こんなにたくさん種類があるんだ。あっ、これ、さっき陽太の家で出されたのと同じやつだ、ぼくが食べそびれた……。

初めは好奇心でわくわくしながら見ていたのに、だんだん虚しく、悲しく、苦しくなってきた。

世の中にはこんなにもたくさんのお菓子があって、たった1軒のコンビニの中でも棚からあふれそうなくらいにたくさん並んでいて、それなのに、ぼくは、たったひとつも食べられない。なんで、どうして。

食べてみたい、食べてみたい、食べてみたい。

食べたい、今すぐ。だめだ、もう我慢できない。

頭の中は、お菓子を食べたい気持ちだけでいっぱいだった。

ごくりと唾を飲み込んで、そろそろと、ポテトチップスの袋に手を伸ばす。

3．1　ポテトチップスとチョコレート

土曜日は、開店と同時にシフトに入る。

学生ワンコインの『お夜食処あさひ』は、平日のお昼にランチを食べに来る付近の会社員のお客さんと、週末の家族連れやカップルのお客さんのおかげでなんとか採算がとれているのだと、朝日さんが教えてくれた。

そういうわけで、私がいつも働いている平日の夕方から夜の時間帯に比べて、土曜日はかなり来店客が多く忙しい。

外観が目立たないお店なので、常連さんやリピーターのお客さんが中心で、常に満席というほどではないけれど、それでも、慣れない私にとっては目が回りそうな忙しさだった。

14時近くになり、だいぶ客足も落ち着いてきたころ、

「あっ、やばい」

パントリーに入っていった朝日さんが、突然焦った声を上げた。

「どうしたんですか？」

カウンター越しに訊ねると、彼は困った顔でこちらを見る。

「片栗粉《かたくりこ》の在庫がない……発注しなきゃしなきゃと思ってたのに、すっかり忘れてた、しまった……」

「ないと困る感じですか？」

「そうだなあ、今日は竜田揚げを出してるから、ないと困るな」

厨房に置いてある片栗粉のケースを手に取り、朝日さんが残量を確認する。中には、もう大さじ1杯分くらいしか残っていなかった。

「今からいつものとこに頼んでも、配達は週明けになるだろうから、間に合わないな……。そこのコンビニで買ってくるしかないか」

私は朝日さんに向かって「私が行きます」と手を挙げた。

「テーブル席の片付けが終わったら、すぐに行ってきますね」

ついさっきお客さんが帰った窓際のテーブルには、まだグラスやお皿が残っていた。もう一組、まだ食事中のお客さんがいるので、追加注文の可能性を考えると朝日さんはお店を離れられない。

私の申し出に、朝日さんが「行ってくれるの？　ありがとう」と応えた。

「助かる。小春さん、頼りになるなあ」

「そんな、コンビニでちょっとおつかいしてくるだけですから……」

思わず苦笑いで首を横に振ると、彼は真顔で「いやいや」と私より大きく首を振った。

「寒いのに外に出て買い物に行くの、大変じゃん。なのに進んで行くって言ってくれるなんて、ありがたいよ」

「そうですかね……」

褒められ慣れていないのでどんな顔をすればいいか分からなくて、そんなことないですと否定したくなるけれど、せっかく朝日さんが言ってくれているのだから素直に受け取ろう、と思い直す。

「ありがとうございます」

お礼を言って頭を下げると、彼は「こちらこそ」と笑った。

急いで食器を片付けて洗い場に移動させ、テーブルの上をふきんで拭いてアルコール消毒したあと、朝日さんから預かったお店の財布を買い出し用のバッグに入れて、出入り口に向かう。

「じゃあ、小春さん、よろしく。あ、領収書もらってきてな。なんか困ったらいつでも遠慮なく電話してくれていいから」

「分かりました」

「よし。んじゃ、気をつけて行ってらっしゃい」

「はい、行ってきます！」

私はなんだか意気揚々とした気分で店のドアを開けた。


晴れた土曜日の午後、商店街沿いの道は車通りも人通りも多い。

あと2週間もすれば年末年始のシーズンだ。クリスマスソングがひっきりなしに流れ、華やかな飾りが溢《あふ》れた街には、どことなく浮ついた雰囲気が漂っていた。

10軒ほど先にあるコンビニは、塾に通っていたころ毎日夜ごはんを調達するために立ち寄っていた、あのお店だ。塾を休み始めてからまだ10日ほどしか経っていないのに、いつもここで決まった菓子パンとお茶を買っていたあの日々が、ものすごく遠い昔のように感じられる。

あのころと同じようにコンビニの自動ドアをくぐる。でも今日はあのころと違って、着ているのは高校の制服ではなく白いブラウスにエプロンだし、買うのはパンではなく片栗粉だ。

こんな変化が自分に訪れるなんて、想像もしなかった。つらさも虚しさもただただ呑み込んで耐えるしかない日々が、永遠に続くものだと思い込んでいた。

行動を起こせば、変えられるんだ。当たり前のことだけれど、私はそれすら知らなかった。

朝日さんとの出会いをきっかけに、私の考え方も生き方も、まるっきり変わった。

そんなことを考えながら、片栗粉を探していたとき、ふと視界の端に小さな背中をとらえた。なにげなく目を向けて、小学生くらいの男の子がぽつんとお菓子コーナーの前で立ち尽くしているのを見つけた。スナック菓子をじいっと見つめているようだ。

店内に視線を巡らしてみたけれど、保護者らしき大人はいないようだ。

おつかいかな、と思う。3年生か4年生くらいだろうか。ひとりでコンビニに来るにしては、ちょっと小さいなという感想を抱く。私が初めてひとりで買い物をしたのは小学5、6年生だったか、それとも中学生になってからだったか。

男の子は私の不躾《ぶしつけ》な視線に気づくことなく、俯きがちにじっとお菓子を見つめていたけれど、しばらくすると突然、意を決したようにふっと手を上げ、棚のほうへと伸ばした。その手がつかんだのは、ポテトチップスの袋だった。

次に、スナック菓子コーナーの隣にあるチョコレート菓子コーナーに手を伸ばして、チョコの小箱をひとつ手に取る。

私は思わずくすりと笑ってしまう。お小遣いで好きなお菓子を買いに来たのかな。限られたお金だから、あんなに真剣な顔で選んでいたのかな。そんなことを思いながら、微笑ましい気持ちで見つめていたけれど、すぐに、なにか様子がおかしいと気がついた。

男の子は、両手にお菓子を持ったまま、硬直している。レジに向かうそぶりも、他のものを探す様子もない。

どうしたんだろう、と不審に思って私は1歩進み、男の子を斜め前から見る形になる。

その顔は青ざめ、唇はぎゅっと結ばれ、どこかつらそうな、苦しそうな表情を浮かべていた。

なんでそんな顔をしているんだろう、と思う間もなく、男の子はチョコレートの箱を持ったままの手でシャツのすそをつかみ、少し持ち上げるようにして広げた。それから反対の手に持っているポテトチップスの袋を、シャツの下に隠すように動かす。

私ははっと息を呑んだ。万引き、という言葉が頭に浮かび、心臓がどくんと跳ねる。

まさか、こんな小さい子が。いや、でも、たしかに、隠そうとしている……ように見える。

頭が真っ白になった。どくどくどくと自分の鼓動がうるさい。

どうしよう、どうすればいい？　こういうときはどうするべき？　分からない。朝日さんに電話して相談してみようか。

だめだ、そんな時間はない。服の下に隠して店の外に出てしまったら、もう万引きになる。だから、やってしまう前に止めなきゃ。今ならまだ間に合うはず。

ほんの1秒ほどの間に、思考がめまぐるしく駆け巡った。

なけなしの勇気を身体中からかき集めて、緊張のあまりかすれる声を絞り出す。

「あの」

声をかけたとたん、男の子の全身が、弾かれたように跳び上がって震えた。真っ赤になった顔が、わなわなと唇を震わせながら、こちらを向いた。今にも服の中に隠されようとしていたお菓子のパッケージが、かさかさと軽い音を立てる。男の子の手が震えているからだと分かった。この世の終わりを迎えたみたいに歪んだ表情、じわりと滲む涙。

その顔を見た瞬間、なぜだか、すぐに分かってしまった。

きっと、この子も今、あのときの私や若葉ちゃんと同じように、苦しんで、悲しんでいる。自分の力ではどうしようもない、どうにもならないつらさを、その小さな胸に抱えている。

理由も根拠もないけれど、そう確信した。

こういうとき、どんな言葉をかければいいのか、全く分からない。でも、この子のために、なにかをしてあげたい。何か声をかけなきゃ。その思いだけで、私は必死に口を開いた。

「――なにか、困ってますか？」

大丈夫ですかと訊いたら、きっと「大丈夫です」という答えが返ってきてしまうと思った。だから、困っているか、助けが必要かと訊ねる。

震える男の子の、半開きになった唇から、かすかに声がもれ、潤んだ瞳から、ひとしずくの涙がこぼれた。

「うあ……」

男の子は声にならない声を上げ、その場にしゃがみ込んだ。

3．2　コンビニパーティー

それも一緒に買いましょうかと男の子に声をかけると、泣きじゃくりながら「いりません」と首をぶんぶん振ったので、私はひとまず急いで片栗粉を買った。それから男の子を連れてコンビニを出て、『お夜食処あさひ』に戻る。

店に着くまでの間も、男の子はずっと泣いていた。

「ここ、私がバイトしてる店なんです」

入り口のドアの前で立ち止まってそう言うと、男の子はしゃくり上げながら大きな目を見開いて、店を凝視する。

少し落ち着いたように見えたので、「お名前を聞いていいですか」と男の子に訊ねると、涙声で「凌真です」と教えてくれた。

「中、あったかいので、寄っていきませんか」

凌真くんはひどく薄着で、見るからに寒そうだったので、とにかく店内に入って少しでも暖をとってほしかった。

そうしたらきっと、朝日さんがいつものように、あたたかくて優しい料理を、この子の心をほぐしてくれるような料理を、作ってくれるはず。

「でも……」と凌真くんが迷いの表情で呟いたとき、ふいにドアがゆっくりと開いた。

「おっ。お客さんかな？」

朝日さんが顔を出し、にっこりと微笑む。その表情を見たとたん、凌真くんの強張っていた身体から、しゅるしゅると力が抜けていくのが分かった。

「いらっしゃい。どうぞ入って、入って」

朝日さんは事情も聞かずに、柔らかい声音で店の中へと導いた。私は凌真くんの背中をそっと押し、一緒に中に入った。

食事中だったお客さんはすでに帰っていて、他のお客さんはいない。

「なにか飲む？」

言われるがままカウンター席に座った凌真くんに、彼は笑顔で問いかけた。冷蔵庫を開けて中を確認しながら続ける。

「外、寒かっただろ。あったかいものがいいかな。ホットミルクとか、ホットココアとか、はちみつレモンとか、作れるよ」

朝日さんがちらりと振り向き、凌真くんのほうを窺った。凌真くんは微妙な表情だ。

「あと、冷たいけど、ジュースもあるよ」

ジュースと聞いた瞬間、凌真くんの目がぱあっと輝いた。

「えっ、ジュース……」

朝日さんが冷蔵庫のとびらを閉じ、身体ごと振り向いて凌真くんをじっと見つめ、口を開く。

「うん、あるよ」

でも、と彼は微笑んで続けた。

「君が本当に飲みたいものとは、ちょっと違うかもしれないな」

私はどういうことだろうと心の中で首を傾げる。店に置いてあるのは、業務用の紙パックに入った、果汁100％のアップルジュースやグレープジュースだ。私もまかないのときに何度か飲ませてもらったことがあるけれど、まるで搾りたてのような、本物の果物と変わらないくらいフレッシュな味で、とてもおいしかった。

でも、ジュースと聞いてすぐに目を輝かせた凌真くんが『本当に飲みたいジュース』は、それではないらしい。凌真くんが飲みたいものって、どんなジュースなんだろう。

「――君はいつも、どんなものを食べたり飲んだりしてるのかな」

朝日さんが調理台に両手をつき、笑みを浮かべたまま静かに訊ねた。

その言葉に凌真くんははっとしたように目を見開き、それから目を伏せて、ぐっと唇を噛む。コンビニで見た顔とよく似た、苦しそうな表情だ。

そのまましばらく黙り込んでいたけれど、

「ママの、手作りの、おやつ……」

俯いたまま、ぽつりと呟いた。

「ママは毎日おやつを手作りしてくれて、見た目はちょっと地味だけど売り物みたいに上手にできてて、味もおいしくて、友達も、友達のお母さんも、ママのおやつ見たら、わーって叫ぶくらいで……」

声がだんだん小さくなり、そのまま今にも消えそうに震える。

「……でも、もう、嫌なんです……」

凌真くんは、なにか恐ろしいものを見てしまったかのような、言ってはいけないことを口にしてしまったかのような、怯《おび》えた顔をして言った。

「ぼくのために作ってくれてるって分かってるけど、ぼくのことを思ってやってることだって分かってるけど、もう、見たくもないくらい、嫌なんです……」

うん、と朝日さんが優しい声で応える。

「普通の、普通のお菓子が、ずっと前から食べてみたくて……でもママは、派手な色のついたお菓子は身体に悪いから食べちゃだめって、絶対食べさせてくれなくて……店に売ってるジュースとかも、全部だめで……」

私は言葉もなく凌真くんを見つめる。

子どもは、食べ物も飲み物も、親の決めた通りにするしかない。親から与えられたものしか食べられないし、親がだめだと言うものは食べられない。

中学、高校と進むにつれて、少しずつ自由に過ごせる時間が増えていくけれど、小学生は好きなものを自分で買って食べることすら難しい。

「でもぼくは、やっぱり、どうしても、食べてみたくて……」

「うん、うん。そうだよな」

朝日さんが、分かるよ、と柔らかく包み込むように頷いた。

「それで、お金も持ってないのに、どうしても我慢できなくて、さっきコンビニで、お店の、ものを……」

凌真くんは少し顔を上げ、私をちらりと見て、自嘲的な笑みを浮かべた。

「……そんなの、言い訳にならないですよね」

私はどう答えればいいか分からなくて、首を横に振ることしかできない。

ただただ、よかった、と思った。

凌真くんが、取り返しのつかないことをしてしまう前に、見つけて、気づいて、声をかけることができて、本当によかった。

あのとき勇気を出せた自分を、よくやった、と褒めてあげたい。

「どんな料理でも、同じものばっかり食べてたら、身体が受けつけなくなるんだよなあ」

朝日さんは首を傾けて、少し困ったように笑いながら凌真くんに言った。

「きっと、人の身体は、そういうふうにできてるんだろう」

私は、すごく分かります、という気持ちをこめて、深く頷く。

コンビニのジャムパンもクリームパンも、おいしいのだ。初めはおいしいから選んでいたのだ。でも、毎日毎日同じものばかり食べていたら、いつしか私の舌は、あの味を拒絶するようになってしまった。旨味を感じられなくなり、味が分からなくなり、おいしいと感じられなくなってしまった。

「どんなに好きな味でも、おいしいものでもさ、やっぱり、ずーっとおんなじものを食べてたら、不思議なもんで、好きともおいしいとも思えなくなるんだよな」

凌真くんはこくりと頷く。

「そこでだ」

朝日さんがぱんっと手を打った。

今から凌真くんのための料理を作ってあげるんだろう、と思った。

凌真くんの話を聞いて、その気持ちに寄り添って、凌真くんが今必要としているものをすくい上げた上で朝日さんが選ぶ料理は、なんなのだろう。

そんな私の予想を裏切り、彼はいたずらっ子のような笑顔で言った。

「今からコンビニ行くぞ！」

「へっ？」

「えっ」

私と凌真くんは驚きの声を上げた。

朝日さんは私たちの反応を気にせず、さっと腰のエプロンを外し、カウンタードアに引っかけると、そのまま出入り口のドアを開けて『closed』の札をかけた。

「ちょうど休憩の時間だし、いったん店閉めて、コンビニで好きなもの買ってきて、そんでコンビニお菓子パーティーをしよう」

戸惑った表情の凌真くんに、朝日さんが「なんでも好きなもの買っていいぞ」と楽しそうに笑いかけた。

「うわあ、うわあ、うわあ、すごい！」

ポテトチップスのうすしお味とコンソメ味。粒チョコ、板チョコ、アーモンドチョコ。グミのレモン味に青りんご味、ぶどう味、みかん味、ピーチ味。ポップコーン、マシュマロ、ガム、ソフトキャンディ、ラムネ、クッキー、ビスケット、クラッカー、ポテトスナック、アイスクリーム、わたあめ、歌舞伎揚げ、山盛りの駄菓子。そして色とりどりのジュースのペットボトル。

買ってきたものをカウンターの上にずらりと並べると、凌真くんは顔を真っ赤にして叫んだ。

「すごいすごい、本当にすごい！」

さっきまでは大人しすぎるくらい大人しくて、礼儀正しくお利口な子に見えていたけれど、やっと年相応な表情を見られて、なんだかほっとする。

コンビニで買い物かごの中にジュースやお菓子を詰め込んでいるときは、夢見心地のような、まだ目の前の現実を受け止めきれていないような、ぼんやりとした様子だったけれど、やっと実感が湧いてきたらしい。

「うわああ、夢みたいだ、信じられない……！」

興奮を抑えきれないように叫び続ける凌真くんを見て、そんなに嬉しいのか、可愛いなあと思う。でも、ありふれたお菓子やジュースを前にしただけでこれほどまでに喜びを爆発させる姿から、これまでどれだけ我慢してきたのだろうと想像して、胸が痛くなった。

「何個まで食べていいですか!?」

凌真くんが目をきらきらさせて朝日さんに訊ねる。彼は、「何個でも、好きなだけ食べればいいよ」と笑った。

「ええっ、何個でも？」

凌真くんはこれ以上ないくらいに大きく目を見開いた。朝日さんが目尻を下げる。

「何個でも。俺と小春さんも好きなだけ食べるから、凌真くんも遠慮なくどうぞ」

「そんな、そんなことしていいんですか、身体に悪いんじゃ……」

「ははっ、そりゃあ、よくはないだろうな」

朝日さんの返しに、凌真くんが絶望的な表情を浮かべた。

「でもさ」

すぐに朝日さんが続ける。

「そりゃ、毎日毎日こんな生活してたら、いつか身体壊しちゃうだろうけど、たった一日くらい、好きなもん好き放題に食ったって、明日いきなり病気になるなんてことはないだろ」

凌真くんはそれでもまだ不安そうな顔をしていた。

「なんでもさ、やりすぎはよくないんだよな。食べすぎも、食べなすぎも、身体にはよくない。今までずーっと我慢して食べないできたものなんだから、今日くらい一切我慢しないで食べたって、ばちは当たらないよ」

「……はい」

凌真くんは意を決したように頷き、お菓子の列に向かい合った。

端から端まで何度も何度も視線を巡らして、やっとひとつのお菓子を手に取る。

それは、粒チョコレートのファミリーパックだった。

パッケージの封を切り、中から、金色の包装紙に包まれたチョコレートを取り出す。

ぱりぱりと音を立てて包装紙を剝がすと、チョコレートが顔を出した。

ごくりと唾を飲む音が聞こえた。

「いただきます……」

凌真くんは上擦った声で呟き、チョコレートを口に入れた。

瞬間、凌真くんの全身が、ぶるっと震えた。

まるで世界で最後の1粒かのように、大事に大事に口の中で溶かしている。

「おいしい……！」

凌真くんがこらえきれないように声を上げた。

「なんだこれ、おいしい、おいしすぎる！　チョコレートってこんなにおいしいんだ！」

うん、と朝日さんが頷いた。パッケージから1粒取り出し、ぱくりと食べる。

「旨いよなあ。この口どけ、舌触り、まろやかな甘さ、芳醇《ほうじゅん》な香り。代えのきかない、唯一無二の食べ物だな」

「はい……！　こんなもの、食べたことないです！」

凌真くんはこくこくと激しく頷いた。

「あの、他のも、食べていいですか」

「どうぞどうぞ。全部君が選んだんだから、なんでも食べていい」

「やったあ！」

次に凌真くんが選んだのは、ポテトチップスだった。

「やっばい、超パリパリ！　なんだこれ、うっま！　たしかにこれは一袋一気にいっちゃうな……！　次はグミ……うわあ、すごい食感、むにゅむにゅ！　めっちゃぶどうの味する、すげ！」

だんだんと砕けた口調になっていく。それと比例して、表情も明るくなっていく。

胸の中で凝り固まっていた苦しみが解きほぐされ、薄まり、消化できるものになる。

その解放感は、私にも覚えがある。

手作りで、できたてのあたたかく優しい料理だけが、人を救うわけじゃない。

そのとき、その人にとって、いちばん必要な食べ物こそが、その心を救う。

朝日さんはそれをよく分かっていて、だから、いつものような手料理にはこだわらずに、市販のお菓子を好きなだけ食べさせてあげることで、凌真くんの心を解放しようとしているのだ。

今度はアイスクリームの蓋を開け、スプーンですくって口に含み、「おいしい」と目を細めた凌真くんが、ふいにぽつりと呟いた。

「……でも、アイスクリームは、ママのやつのほうが、おいしい……」

「そうか」

朝日さんが微笑んで頷く。凌真くんは彼を見上げて静かに口を開いた。

「……ぼく、ちっちゃいころは、ママが作るごはんもおやつも、大好きだったんです。本当に、すっごくおいしくて、毎朝今日のごはんはなにかなって思いながら起きて、今日のおやつはなにかなって思いながら遊んで、夜は今日もおいしかったなって思いながら寝て……、毎日おいしくて幸せで……」

凌真くんがゆっくりと瞬きをする。その目にはまた涙が浮かんでいた。

「それなのに、もう見たくもないくらい嫌になっちゃったのが……悲しいです」

「そうだな、それは悲しいな」

「また、ママのおやつ大好き、おいしいって思えるように、なりたい……」

「うん」

朝日さんが大きな買い物袋を凌真くんに差し出す。

「これに、好きなやつ好きなだけ入れて、持って帰っていいよ。そんでお母さんに、一緒に食べようって言ってみ。たまにはこういうのもいいでしょって。一日くらい大丈夫だよ、人間の身体はそんなにやわじゃないから大丈夫、ぼくはこういうのもたまには食べたいよって。そうしたらきっとお母さんの作ってくれるものがこれまで以上においしく感じて、大好きになるから」

「……はい」

凌真くんは受け取った袋に、たくさんのお菓子を詰め込んでいく。

「あの、お金は、どうすればいいですか。ぼく、今お金持ってなくて……」

「今日は出血大サービスお客様感謝デーだから、なんとお金はいりません」

朝日さんがおどけて言うと、凌真くんは一瞬目を見開き、それからくすりと笑った。

「今度、母と一緒に持ってきますね」

とても大人っぽい笑顔だった。

＊

「いやあ、あの子は将来、大物になりそうだなあ」

小さな身体で大きな袋を抱えて店を出ていく後ろ姿の、さっきよりもずっとぴんと伸びた背中を見送りながら、朝日さんが感心したように言った。

私も思わず笑って、「そうですね」と応える。

きっと凌真くんは今、子どもから大人への過渡期に差し掛かったのだろう。

ただただ親の言うことに従うしかない子どもを卒業して、自分なりの考えや生き方を見つめ始める時期。

じゃあ、私は？　自分で自分に問いかける。

私は、ちゃんと、大人への階段を上り始めているだろうか。

ちゃんとお母さんと話をしなきゃと思いつつも、まだ普通に塾に通っているふりを続け、面と向かうと口を開く勇気も出せず、結局なんにも切り出せていない私は、階段の1段目に足をかけてすらいない状態かもしれなかった。

「……朝日さん」

お客さんのいなくなったテーブルの後片付けの続きをしながら、私は思わずカウンターの向こうに声をかける。「ん？」と明るい笑顔が返ってくる。

いつものことながら、彼の表情や声色には、暗い影なんてみじんも感じられない。

でも、若葉ちゃんを見送った帰り道で、『たとえ家族でも、いくら話し合っても、分かり合えないことはある』と彼は言っていた。そういう考えに至るような何かを、見聞きしたり、自ら経験したりしたのかもしれないと思った。

だから、ふうっと息を吐いて、訊ねる。

「あの、朝日さんも、ご両親と……けんかしちゃったりとか、意見が合わなかったりとか、上手くいかないことがありましたか」

そう口に出してしまってから、あまりにも不躾な質問だと気がついた。『言いたくなければ全然言ってもらわなくてもいいんですけど』というようなことを付け加えようとしたとき、

「うん、あったよ」

すぐにそう答えが返ってきた。

「というか、今も上手くはいってないかな」

朝日さんはいつものように笑顔で、あっけらかんと言う。でも、そのまなざしは、やっぱりどこか、妙に遠く、深い色をしている気がした。

「今も……？」

そうそう、と彼は笑みを浮かべたまま頷く。それから少し目を落とし、調理台を拭きながら続けた。

「険悪ってわけじゃないけど、どうしても必要な連絡くらいしかしてないし、たぶん、これからもずっとそんな感じだと思う」

俯きがちな瞳を、長い睫毛が覆い隠し、奥底の感情は読み取れない。

「それに関してはもうね、だめなものはだめだって分かったから、だめじゃない範囲でごまかしごまかしやっていくしかないかと思ってるよ」

ご両親とどういう関係なのか、何が原因で仲違《なかたが》いしてしまったのか。気になるけれど、朝日さん自身が話そうとしない部分を根掘り葉掘り聞き出そうとするのは絶対に違うと思うから、私はただ頷いた。

「……そういうものですか。解決、しなくてもいいんですかね」

「そういうものだよ。そりゃ、解決できるなら解決するに越したことはないんだけどさ、世の中には、解決できない問題もたくさんあるから」

それぞれに手を動かしてやるべきことをやりつつ、静かに言葉を交わす。

「無理に解決しようとして話し合いを続けても、結局どうにもならないまま、自分も相手も傷ついて、傷つけて、ぼろぼろになって……そんなふうになったら元も子もないだろ。だから、ああもうこれ以上は無理かな、ここまでかなって感じたら、そこを妥協ラインにする。そんで、『お互いここまでしか立ち入らないことにしましょう、あとはそれぞれ好きにやりましょうね』って決めるのも、生きてく上では必要だし、大事なことだなって思うよ」

私はこくりと頷き、ありがとうございますと呟く。

解決できない問題もある。無理だと思ったらお互いの間にラインを引いて、それぞれに好きにやっていけばいい。

そういうふうに考えれば、少しは気が楽になる。

「いちばん大事なのは、前を向いて生きてくことだから。問題が解決してなくても、葛藤を抱えたままでも、それはそれとして、自分の人生を、前を向いて歩む。それができれば上等だよ」

朝日さんがからりと笑った。

きっとその笑顔の下に、問題や葛藤や、色々な感情を抱えたまま、それでも彼はこんなふうに明るく笑って、自分の足で踏ん張って生きているのだ。

それならそれでいいじゃないか。充分すぎるくらい充分に素晴らしいことじゃないか。

「……はい！」

私は顔を上げ、朝日さんに笑顔を返した。

解決するのは無理かもしれないけれど、とりあえず、前を向いて生きていくために、一歩踏み出して、問題と向き合う。

それが、いちばん大事なこと。

4章

食べられない

4．0　クリスマスケーキとローストチキン

クリスマスソングがひっきりなしに流れる慌ただしい街。夕闇に沈む賑やかな通りを、僕はひとりふらふらと歩く。

頭上のスピーカーから鈴の音が降ってくるたびに、どうしても、あいつのことを考えてしまう。

チャッピーは、鈴の入ったぬいぐるみのおもちゃが大のお気に入りだった。僕が赤ちゃんのころ使っていたというお古で、へたって色褪《あ》せて薄汚れていたけれど、あいつはいつも嬉しそうに甘噛みしたりぶんぶん振り回したりして遊び、遊び終わるとそれに顎をのせて枕にして寝て、肌身離さずという気に入り具合だった。

「きっとあんたのにおいがするんだね」と母さんは言っていた。

「そんなのもう残ってないだろ」と応えつつも、僕は実は嬉しかったのだ。

クリスマスの鈴の音は、チャッピーのそんな様子をどうしても僕に思い起こさせる。だからつらくて、僕は駅前のロータリーを足早に通り抜ける。

曲が変わった。定番のサンタクロースの歌だ。

もしも大人でもサンタクロースに頼めば願いが叶《かな》うとしたら、僕の願いは今、たったひとつだけだ。

どうか、どうか、チャッピーを生き返らせてください。それが無理なら、10日だけでいいから、時間を巻き戻してください。

そうしたら僕は、最後にもう一度だけ、あいつを抱きしめることができる。

でも、もう、だめだ。時間は戻らない。僕はあいつを抱きしめてやることさえできないまま、死なせてしまった。

チャッピーは、僕のいちばん最初の友達で、そしていちばんの親友だった。

僕が5歳のときのクリスマスプレゼントとして家にやってきた、チョコレート色のミニチュアダックスフントの子犬。

その前年も覚えたての下手くそな字で『いぬをください』とサンタクロースに手紙を書いていて、でもそのとき枕元に置かれていたのは電池で歩いたり吠《ほ》えたりする犬のぬいぐるみで、それはそれで嬉しかったけれど、やっぱり僕は本物の犬が欲しかった。

5歳のクリスマスの朝、なにかに顔をぺろぺろ舐《な》められて目が覚めた。起きたら目の前に子犬がいて、僕は悲鳴を上げ、喜びの渦の中でそいつを抱きしめた。3日間悩みに悩んで、何十個も考えた名前の中から、チャッピーと名づけた。

翌年のクリスマスからは、いつものケーキに加えてペットショップで犬用のケーキも買ってきて、味付けなしのローストチキンを焼いて、チャッピーも一緒にクリスマスディナーを楽しむのが恒例になった。

毎日一緒に遊んで一緒に散歩して一緒に眠って、そうやって一緒に大きくなって、まさに一心同体だった。

……でもそれは、僕が子どもだったころまで。

成長するにつれて僕は、学校や部活や友達との遊びなど、外の世界で過ごす時間が増えていき、家に帰るのも遅くなった。比例してチャッピーと触れ合う時間はどんどん短くなり、いつしかチャッピーの散歩は僕ではなく父さんが担当するようになった。

チャッピーはずっと変わらない信頼と愛情を僕に向けてくれていたのに、僕は変わってしまったのだ。

そして今年の春、僕は大学進学のため地元を離れた。

合格してから入学するまでの約1ヶ月間は、下宿先のアパート探しや、友達との卒業旅行や、念願の運転免許取得のための合宿で、ほとんど毎日家を空けた。合宿から戻って数日で、飛行機に飛び乗り新天地へと引っ越した。

そんなふうにばたばたと家を出た僕を、チャッピーは毎日朝から晩まで玄関に丸くなって待っているのだと、父さんから写真が送られてきた。可愛いやつだな、久しぶりに会いたいなと思ったものの、今年の夏休みはバイクの購入資金を貯《た》めるためにバイト三昧にすると決めていた。だから、母さんから『いつ帰省するの』と電話がきたとき、『そのうち帰るから待っとってな、チャッピー』と電話越しに声をかけた。意味は分からなかっただろうけど、チャッピーは僕の声だと分かったようで、わんっと嬉しそうに吠えた。尻尾《しっぽ》をぶんぶん振っている様子が目に浮かぶようだった。年末年始には帰れるかなと思った。

でも、別れは突然だった。

10日前、『チャッピーが死んだよ』と父さんから電話がきた。急な体調不良で、異変に気づいてすぐに病院に連れていったものの手の施しようがないと診断され、翌朝には死んでしまったのだという。家族に囲まれての穏やかな最期だったと言われたけれど、僕の頭は真っ白だった。『明日火葬してもらうことになったよ』という言葉を聞いて、僕は思わず呻《うめ》いた。

火葬だなんて、いつも元気で無邪気で天真爛漫《てんしんらんまん》なチャッピーには、あまりに似合わない言葉だった。あいつが燃やされてしまうなんて、これは本当に現実なのか？

突然で、信じられなくて、目の前が真っ暗になった。

とにもかくにも、せめて火葬に間に合うように地元に帰ろうと思った。毎日のように居酒屋のバイトのシフトを入れていたので、すぐに店に電話して、

『実家の犬が死んでしまって帰省したいので、３日ほど休ませてください』

とお願いした。すると店長は不機嫌な声で『無理だよ』と応えた。

『そんなこと急に言われても困る。しかもこんな忘年会シーズンの忙しいときに、犬が死んだくらいで……』

たしかに師走《しわす》の繁忙期で、さらに体調不良や学校の試験などでシフトに入れない人が多く、代わりを見つけるのも大変な時期だった。

それでも、どうしても実家に帰りたくて、最後にチャッピーに会いたくて、どうすればいいかと愚痴っぽく大学の友達に話しているうちに、突然涙が出てきた。自分でも驚いた。みんなが『どんだけ？』と笑った。恥ずかしさや気まずさから、僕は『ちょっとうるっときちゃった』とごまかし笑いを浮かべることしかできなかった。

『男のくせに』『19歳にもなって』『犬が死んだくらいで』、実家に飛んで帰ったり、泣いたりするのはおかしい。情けない。恰好悪い。

分かっている。僕だって分かっている。それでも本当に悲しくて、寂しくて、たまらなかった。

僕は結局、バイトの休みをもらうことができず、実家には帰らなかった。バイトを急に休めないからと言い訳がましく電話で告げると、父さんは『仕方ないよ』と言ってくれた。

『こっちでちゃんと弔っとくから、正月に帰省できたときに、みんなで墓参りに行こう』

墓参り。チャッピーは墓に入ってしまうんだなとぼんやり思った。

翌日、『大好きなぬいぐるみと一緒に天国に行きました』と報告をもらったとき、涙が溢れて止まらなくなって、アパートの部屋で夜中までひとり泣きじゃくっていた。

それからも僕は今まで通りに大学に行き、講義を受け、バイトに行き、帰ったらレポートに追われる日々を送った。表面上は全く普段と変わらない生活だった。

それでも、心の中では、暗い感情が激しく渦巻いていた。

いちばんの親友に、死ぬ前にも死んだあとにも会いに行かなかった罪悪感、最後に抱きしめてやれなかった後悔。自分のことばかり優先していた自己嫌悪。

入学前の春休み、もっと家にいればよかった。免許なんて、そんなに急いでとらなくてもよかった。毎日一緒に過ごせる貴重な最後の日々を、もっと大事にすればよかった。

夏休みのバイトだって、そんなに詰め込まなくてもよかった。1週間だけでも帰省する時間がとれなかったわけじゃないのに、目の前のことばかり考えてしまっていた。バイクなんていつでも乗れるのに。チャッピーと一緒にいられる夏は、今年が最後だったのに。

別れは突然にやってくるのだと、愚かな僕は全く理解していなかった。想像すらしていなかった。チャッピーはいつまでも僕の帰りを待ってくれていると思い込んでいた。

チャッピーは僕の願いでうちにやってきたのに、あんなに仲良く過ごしたのに、僕は最終的にはあっさりとチャッピーを置き去りにしてしまったのだ。

ごめんな、チャッピー。こんな薄情な飼い主で、本当にごめん。

悔やんでも、悔やみきれない。

チャッピーが死んでから、アパートの部屋に帰ったとき、ドアの内側からかしゃかしゃかしゃと、あいつの足音の幻聴が聞こえることがあった。僕の帰宅に気づいて玄関まで走って出迎えに来るときの、喜びと興奮を抑えきれないような、せわしない足音だ。

ベッドに腰かけてぼんやりとテレビを見ているとき、ふっとなにかが足に触れた気がして、甘えん坊のあいつはかまってほしいとき、こんなふうにわざと身体をかすめていくことがあったな、と思い出したりもした。

チャッピーと過ごした日々の記憶が、まだ僕の鼓膜に、皮膚に、色濃く残っている。

今日は、昼過ぎに大学から戻ってベッドに横になっていたら、いつの間にか腹の上でチャッピーが寝ていた。あいつの体温は高く、身体にくっつかれていると、まるで湯たんぽみたいにぽかぽかとあたたかいのだ。

愛しくて、ぎゅうっと抱きしめようと手を浮かせた拍子に、はっと目が覚めた。うたた寝してしまっていたのだ。

でも、意識がすぐには現実に戻れなくて、あれ、あいつ、どこに行った？ と視線を巡らして姿を捜したあとふいに、『ああ、もういないんだった』と思い出した。

たしかに触れていたはずのぬくもりは、跡形もなく消えていた。

言葉にならない喪失感に、ただただ呆然と脱力した。瞬きも忘れ、口を半開きにして、天井を見つめた。

あいつのことを思うと、どうしようもないくらい、苦しい。

ひとりで抱えるにはあまりにも大きく、空虚な悲しみ。

でも、誰にも話せない。僕は男で、もう19歳の大人で、それなのに『犬が死んだくらいで』弱り切っているところなんて見せられないし、見せたところで笑われるだけだ。

部屋にひとりでいると、どうしてもチャッピーのことを考えてしまってつらいので、外へさまよい出た。

目的もなくふらふら歩きだして、すぐに後悔した。いつの間にか12月も下旬になり、街はクリスマス一色だった。

クリスマスの音楽や風景は、否応なしに僕にチャッピーのことを思い出させる。普段は食べられないご馳走のケーキとチキンを前にして、ちぎれそうなくらいぶんぶん尻尾を振りながら嬉しそうにがっついていた姿が、どうしても浮かんでしまう。

あの姿を見たのは、いつが最後だったか。

高校1年のクリスマスは、1ヶ月ほど前に初めてできた彼女とデートに行った。柄にもなくアクセサリーをプレゼントしたりして張り切った。その彼女とは、他校の男子と二股をかけられていたことが分かって、3ヶ月で別れた。

ああ、そうだ。あのとき、悲しくて悔しくて、家族にばれないように部屋にこもり、ベッドの上で丸くなってこっそり泣いていたら、チャッピーがすぐに気づいて飛び乗ってきたんだった。

小さな身体をぎゅうぎゅうと押しつけるようにして、僕に寄り添ってくれた。僕の顔に鼻を近づけ、誰にも見せられない涙を、ぺろぺろと舐めてくれたっけ。そんな姿を見ていたら、いつの間にか悔しさは薄れ、悲しみは消えていた。彼女なんかより、お前とクリスマスを過ごせばよかった。そんなふうに思いながら、チャッピーをぎゅうっと抱きしめた。

それなのに、そんなことはすっかり忘れて、翌年の高2のクリスマスは部活の友達とUSJに行き、やっぱりチャッピーとは過ごさなかったのだ。

そして高3のクリスマスは受験勉強で忙しく、クリスマスどころじゃなかった。エアコンをがんがんにきかせても寒い夜中の部屋でひとり黙々と勉強していると、チャッピーは僕の足元に丸くなっていた。その小さな身体のあたたかさが、受験勉強への焦りや、近づいてくる本番への緊張と恐怖を、いつも和らげてくれていた。

気がつくと駅の裏側、あかつき高架下商店街に辿り着いていた。表の華やかさとは少し違うものの、ここでもやっぱりクリスマスの雰囲気からは逃れられない。コンビニの入り口のドアには、クリスマスフェアの大きなポスターが貼られていて、ケーキとフライドチキン、ローストビーフの写真が僕の心に深く突き刺さった。痛い。

そういえば、もうずっとまともに食べていない。アパートや大学ではなにも食べられなくて、かろうじて喉を通るゼリー飲料を一口、二口飲むだけだ。バイト先のまかないも、せっかく出してもらったからと頑張って食べるものの、やっぱり数口が限界だった。そんな食生活が10日も続いている。ほとんど水だけで生き延びているようなものだ。

それなのに、全く空腹感はない。唇がかさかさに乾いていて、そういえば今日は水も飲んでいないなと気づいたけれど、別に飲みたいとも思わない。

チャッピーは、死の前日から元気がなくぐったりしていて、ごはんもおやつも食べられず、水もほとんど飲めなかったらしい。

あんなに食べるのが好きなやつだったのに。

どれだけひもじかっただろう、どれだけ喉が渇いていただろう、どれだけ苦しかっただろう。そんな中で、あいつは死んでしまった。

いちばんつらくて苦しいときに抱きしめてやれなかったのに、隣にいてやることすらできなかったのに、そんな僕が、僕だけが、お腹いっぱい食べるなんてこと、許されるわけがない。

4．1　ホットミルクと豆腐の鮭茶漬け

幽霊が出たのかと思った。

その男の人は、それくらい青白くて、がりがりに痩せていて、風が吹いたらすぐに飛んでいってしまいそうなくらい、弱々しい姿をしていた。

小窓の向こうに佇むその姿が見えた瞬間、朝日さんは迷わず厨房から出て、入り口へと向かって歩き出した。

「いらっしゃい」

ゆっくりとドアを開け、優しく声をかける。

「よかったら、なんか食べていってよ」

彼はぼんやりと朝日さんを見上げ、しばらくしてやっと、

「すみません……腹、減ってないんで」

と囁くように応えた。心ここにあらず、というのが見ているだけで分かった。

朝日さんは「そっか」と頷く。でも、動かない。彼をじっと見つめている。

「でも、君の身体は、食べ物を欲しがってるんじゃないかな」

「え……？」

「君の心は、今、食べ物なんて食べられないって気持ちなのかもしれない。でも、身体は、求めてるんじゃないかな」

「……でも」

彼は目を伏せた。痩せ細った身体が、かすかに震えている。抱えきれないほど重い荷物を持って、今にも倒れそうになっているように、私には見えた。

「僕は……食べられないんです。食べちゃいけないから……」

食べちゃいけないって、どういう意味だろう。私は怪訝に思ったけれど、朝日さんはまた、そっか、と言った。

どんな言葉も、朝日さんは決して否定しない。包み込むように、すべてを柔らかく受け止める。

「じゃあ、とりあえず、なにかあったかいもの飲んでいって。寒いだろ？」

「いえ……」

それでも首を振る彼の腕を、朝日さんがやんわりとつかんだ。

「君、お名前は？」

「え……？　笹森、です……」

「じゃ、笹森くん。どうぞ中へ」

そう言って朝日さんは、彼をそのまま店の中へと引き入れた。

いつになく強引だ。朝日さんはいつも、優しく声をかけた上で相手の意思に任せて誘い入れるだけだ。こんなふうに、断った人まで誘い込むなんて、普段の様子からは考えられなかった。

でも、どうして朝日さんがそうしたのかは、私にもよく分かった。

今日このお店に呼ばれた彼は、もう一刻の猶予もないくらいぎりぎりの状態なのだと、ひと目見ただけで明らかだったから。

彼の心は、今すぐにあたためて、解きほぐさないと、きっと大変なことになってしまう。

＊

「苦手な食べ物はある?」

カウンター席に座らせた笹森さんに、朝日さんが訊ねた。

「特に、ありません……」

笹森さんはぼんやりしたまま答える。

「じゃあ、好きなものは?」

「特に……」

「食物アレルギーは?」

「……あ、子どものころですけど、小麦が……」

話をしているうちに、少しずつ、笹森さんの意識がはっきりしてくるような感じがした。

「今は克服してて、基本大丈夫なんですけど……、たまに、体調悪いときとかに食べると、アレルギー出ちゃうときも、あります」

ゆっくりと語る彼の言葉に、朝日さんは柔らかいまなざしを向ける。

「了解。じゃあ、今は一応やめといたほうがいいかな。乳製品は大丈夫?」

「はい、大丈夫です」

「オッケー」

朝日さんが冷蔵庫から牛乳パックを取り出す。

「あのさ、ホットミルクを作ろうと思ってるんだけど、牛乳あっためると表面に膜が張るの、分かる？」

「あ、はい」

なぜそんなことを訊かれるのかと戸惑った様子で笹森さんは答えた。

「あの膜、好き？　苦手？」

「あー……あんまり、好きじゃないかも……」

私は心の中で同意した。私もあの膜はちょっと苦手だ。飲むときに上唇にくっついてくる感じが、あまり好きになれない。

「ん、了解」

朝日さんが頷き、小鍋に牛乳を注ぎ入れながら続ける。

「ちなみに、俺はけっこう好きなんだよね、あれ。凝縮されて濃くなってて、食べる牛乳っていうか、酸味のないヨーグルトみたいな。まあ、そんなことは今はどうでもいいな」

からりと笑って、笹森さんに目を向ける。

「ホットミルクに砂糖はあり？　なし？　なんか質問ばっかでごめんなー」

「いえ、大丈夫です。ええと、砂糖は別に、あってもなくてもいいんですけど、なんか……」

笹森さんが一度言葉を止め、少し考えるように瞬きをしてから、再び口を開いた。

「今日は、甘いほうが、嬉しい、気がします……」

「オッケー、じゃあ、甘いホットミルクにしよう」

朝日さんが目を細めて応えた。

「身体の声を、聞いてくれてありがとう」

誰かに聞かせるためというふうではなく、ひとりごとのように、さりげない感じで朝日さんは呟いた。

笹森さんが「えっ」と小さく声を上げ、彼のほうをじっと見る。それから、そろそろと手を胸に当てた。少しずつ手を下ろしていき、ぺちゃんこのお腹の上で止める。

「身体の声……」

朝日さんはそれについてはなにも言わず、砂糖の容器を出して、ティースプーンを手にした。

「牛乳に砂糖を入れると、あったためても膜が張りにくくなるんだ」

「そうなんですか」

私は驚いて口を挟む。朝日さんが「そうそう」と笑って頷いた。

「ホットミルクの膜って、タンパク質が熱で固まったやつなんだけど、砂糖にはタンパク質を固まりにくくする効果があるんだ。だから肉料理に砂糖を使うと肉が柔らかくなるんだよ。というわけで、コップ1杯の牛乳に砂糖小さじ1、2杯くらい入れて混ぜてからあったためると、砂糖パワーで膜が張りにくくなるというわけです」

こいつすごいだろ、と言いたげに朝日さんは、ティースプーンに山盛りの砂糖をかけてみせる。

「レンジであったためるなら、2回以上に分けるとうまくいきやすい。まず30秒レンチンして、かき混ぜて、また30秒。合計1分あったためて様子を見て、まだぬるかったら10秒ずつ追加で、沸騰しないように注意しながらあったためる」

「沸騰しないように……」

「そうそう。牛乳は沸騰したらすぐ吹きこぼれちゃうから、あったためすぎないように要注意。今日みたいに鍋で作るときも、同じ理由で、沸騰させないように目を離さず、よくかき混ぜながらな。中火で、鍋の底からすくうようにして、しっかり混ぜるのがポイント」

くつくつと音を立て始めた小鍋の中の牛乳を、朝日さんは木べらでゆっくりと混ぜている。

「砂糖じゃなくても、はちみつとかメープルシロップもいいよな。メープルシロップはなんといっても香りがいい。はちみつは保湿効果があるから、喉を痛めてるときなんかすごくおすすめだよ」

家で1回やってみよう、と私はひそかに心に決めた。私は子どものころから喉が弱くて、冬場、風邪が流行《はや》る時期になると、だいたい喉の違和感や痛みから風邪症状が出始める。

真ん中あたりにいくつか泡が出てきたところで、朝日さんはすぐに火を止め、木べらで数回ふわりと混ぜてから、マグカップに注ぎ入れた。

「はい、完成。どうぞ召し上がれ」

「……ありがとうございます」

真っ白な湯気とともに、優しく甘い香りが立ち昇る、あたたかくておいしそうなホットミルク。それを前にしても、笹森さんは浮かない顔のまま、小さくお礼を言っただけで動かない。

なにかを考えるように、悩んでいるように、俯いて唇を噛んでいたけれど、しばらくして意を決したように手を動かした。

両手でマグカップを包み込み、でもまたミルクを見つめたまま固まってしまう。

「……今日は、食べ物じゃなくて、飲み物なんですね」

じっと見ているよりはそうしたほうがいいだろうと考えて、私は笹森さんから視線を外し、朝日さんに目を向けて話しかけた。朝日さんが私を見て微笑み、頷く。

「食べるのは体力がいるからな」

「体力……」

「そう。噛むのも飲み込むのも、気力と体力が必要だ。そして消化・吸収は、身体にとって生命維持のためにいちばん大事なことで、エネルギーを大量に消費する大仕事だ。だから、本当に疲れてるときは、食欲もなくなってしまう」

私は笹森さんを見つめた。彼はたしかにひどく疲れているように見える。

理由は分からないけれど、彼は今、ものを食べる気力も体力もないくらいに、疲れきっているのだろう。

「でも、腹が減らないから食べなくていい、なんてことはない」

笹森さんが、ふっと目を上げた。

朝日さんは「というわけで」とにっこり笑う。

「食べられるか分からないし、もし無理だと思ったら、もちろん食べなくてもいいんだけど。君のためのお夜食を一品、作っていいかな」

「え……」

笹森さんが声を上げ、それから弱々しく首を横に振る。

「……あの、でも、食べられないかもしれないので、申し訳ない……」

「いやいや、そんな気負わなくてもいいから。君を見てたらなんだか急に料理がしたくなってさ。俺が勝手にどうしても作りたいってだけだから、もしも気が向いたら味見してくれたら嬉しいなって程度だと思って」

「はあ……」

笹森さんが戸惑いを隠さず曖昧に頷いたのを見て、朝日さんは冷蔵庫からいくつか食材を取り出した。

まず初めに開封したのは、絹ごし豆腐だ。

「豆腐なら、疲れきって気力・体力がないときでも、つるっと喉を通ってくれて、食べやすいだろ」

手のひらの上にのせて包丁で2等分にして、深めの耐熱皿に入れ、ふんわりとラップをかける。

「さらに、この季節なら、あったかいほうが、より飲み込みやすいよな」

私は朝日さんからお皿を受け取り、電子レンジの中に入れ、言われた通り2分にセットして、スタートボタンを押した。

豆腐をレンジであたためるなんて、なんだか変な感じだ。と同時に、料理って自由なんだなと思う。今まで知らなかった、想像もしなかったような食材の組み合わせや調理法がたくさんあって、常識にとらわれない自由な世界なのだと、しみじみ思う。

その間に朝日さんは、塩鮭《しおざけ》を魚焼きグリルに入れる。両面をしっかり焼いて、取り出したら菜箸でざっくりほぐす。

「生を焼いたのじゃなくても、瓶詰めの鮭フレークでもいいよ。あれ、便利だよな。

大学時代お金ないとき、白米と激安の鮭フレークだけで乗り切ったりしてたなあ」

朝日さんが鮭をほぐしながら懐かしそうに言った。

「あとは、あったかいだし汁200mlに、お茶のティーバッグを1パック入れる」

「えっ、お茶ですか」

意外な材料に驚いて目を向けると、朝日さんが「実は今、だし茶漬けを作ってるんですねえ」と楽しそうに笑った。

「だし茶漬け！　おいしそう！」

「だろ？　お湯じゃなくて、だし汁を使って、お茶を煮出すんだ。お茶の種類は緑茶でも焙《ほう》じ茶でもいいし、麦茶や玄米茶でもいい。黒豆茶やとうもろこし茶なんかも個性があって旨いよな。まあ、なんでもありだ、好きなやつでオッケー」

あたためた絹ごし豆腐に、ほぐした焼鮭をのせ、焼き海苔をちぎって振りかける。薬味として三つ葉としょうがを少し。最後に、だしで煮出したお茶を注げば。

「はい、豆腐の鮭茶漬け、完成！」

お茶碗に盛り付けた料理を、ことんとカウンターの上に置く。

ホットミルクをちびちびと飲んでいた笹森さんが、目を丸くして小さな料理を見つめる。

手を伸ばしてお茶碗をつかむと、自分の目の前に置いた。

「……すごく、いいにおいだ……」

彼はひとりごとのように言った。

「おいしそう……」

「だろだろ？」

朝日さんが嬉しそうににかっと笑う。

「もしよかったら味見してみてよ。一口でもいいからさ」

「……はい」

私が差し出した木のスプーンを受け取り、笹森さんはお茶漬けに向き合った。

「……いただきます」

あたたかいお茶に浸《つ》かったお豆腐の端っこを、ほんの少しだけスプーンですくいとり、口許へと運ぶ。

しばらく、唇は閉じられたままだった。きゅっと引き結ばれたまま、かすかに震え、でも、なんとか薄く開く。

やっとのことで口に含み、飲み込んだ瞬間、ひとすじの涙がつうっと頬に流れた。

笹森さんはなにも言わず、静かに泣きながら、豆腐を食べ、焼鮭を食べ、だしのお茶を飲む。

「――大切な家族が、亡くなったんです」

半分ほど食べたところで彼はふいに手を止め、ぽつりと言った。

「ずっと僕のことを大好きでいてくれた、本当に本当に大事な存在で、でも僕は、すごく薄情なことをしてしまって……。僕に会いたがってることを知ってて、行こうと思えばいつでも会いに行けたはずなのに、自分のことばっかり優先して、ずっと先送りにしてて、最後にお別れすることもできなくて……」

私も、朝日さんも、言葉もなく耳を傾ける。

笹森さんは慰めも励ましも求めていないのだろうと思った。ただ、抱えきれない感情を吐き出したくて、話しているのだ。

「そんな自分が許せなくて、後悔と罪悪感で胸がいっぱいで、張り裂けそうなくらい、苦しくてたまらないんです」

ぽつぽつと語る声も表情も、痛々しいくらいに歪んでいた。

「友達のひとりが、『いつか時間が解決してくれるよ、それまで頑張れ』って言ってくれたんですけど、でも……」

うん、と朝日さんが静かに頷いた。

「時間は解決してくれないよ、残念ながら」

私と笹森さんは同時に朝日さんを見上げる。彼はどこか寂しそうな表情を浮かべていた。

「ただ時間が経っただけじゃ、悲しみも苦しみも、後悔も罪悪感も、消えてはくれない」

「……じゃあ」

笹森さんが絞り出すように言った。

「じゃあ、どうすれば……」

「これは俺の持論だけど」

朝日さんはまだ少し寂しげに微笑む。

「悲しみは、悲しみの塊のままじゃ、いつまで経っても消えない。そのままじゃ消化できないんだ」

「消化できない……」

私は無意識のうちに繰り返した。

「そう。だから、噛み切って、口に含んで、すり潰して、咀嚼して、飲み込んで、それでもだめなら何度だって反芻して……。そうすることで、やっとこさ少しずつ悲しみを消化して、吸収することができる」

生きることは食べること、食べることは生きること。朝日さんが若葉ちゃんに伝えた言葉を思い出した。

食べ物と同じように、悲しみも、咀嚼して、反芻して、消化・吸収しないと、自分の中に取り込めない。

いつまでもお皿の上にのせたままでは消化できず、かといって目の前から消し去ることもできず、ずっと苦しいまま。

「ちょっとずつでいいんだ。なにも一気に飲み込まなくていい。今の自分にできそうな分だけ、箸にとって、少しずつ少しずつ口に入れて、噛みしめて噛みしめて柔らかくして、飲み込めそうになったら、少しずつ飲み込んでみる。だめだったらまた吐き出して反芻すればいい。そうやっていくうちに、なんとかかんとか、その思いを抱えたままでも生きていけるかなっていう気持ちになる日が、来るんだと思う」

朝日さんが静かに語る言葉が、雪のようにしんしんと、私や笹森さんの周りに降り積もっていく。

私の中にも、消えない感情がある。

落胆も、絶望も、悲しみも、苦しみも、つらさも、目を逸らしたって消えない。

時間が経つだけでは、消えてくれない。

「……そうですね」

笹森さんがぽつりと呟いた。

「目を背けてるだけじゃ、だめだよなあ……」

ほろほろと涙をこぼしながら、笹森さんは再びスプーンを動かし始めた。

少しずつ、少しずつ、今の自分にできる分だけ。

笹森さんが、一口ずつお茶碗の中身を減らしていく様子を見つめながら、ふいに私は、準備ができた、と思った。

私も、準備ができた。

抱え込んでいたものを取り出して、真正面から向き合う準備が、覚悟が、できた。

人生も、きっと、料理と同じだ。下準備ができないうちは、始まらない。ちゃんと手をかけて、時間をかけて、必要な準備を整えて、そうすることでやっと、上手くいく。

私は今まで、下準備ができていなかった。やるべきことがある、やらなきゃ、やろうと思っていたけれど、なかなか動き出せなかった。それはきっと、まだ準備ができていなくて、覚悟が決まっていなかったからだ。

でも、今なら、一歩、踏み出せる。前を向いて、自分の人生を、自分の足で歩いていくために。

不思議とそう確信できた。身体のすみずみにまで力が漲っている。

それはきっと、朝日さんが作ってくれた料理が、たくさんの食材たちが、私の中に吸収されて、力になってくれているから。

これだけ力があれば、大丈夫だ。ちゃんと歩ける。

自分の行きたい道へと向かって、足を踏み出せる。

過去ばかり見つめていた私の目が、初めてまっすぐに未来へと向いているのを感じた。

4．2　ごろごろ野菜とチキンのポトフ

とはいえ、なんのきっかけもなしに、いきなりお母さんに「話したいことがある」と持ちかけるのも、雰囲気やタイミング的に難しい気がした。

何かいつもとは違うことをして、特別な雰囲気を作れば、切り出しやすいんじゃないか。何がいいだろう。

そう考えて思いついたのが、家で料理を作り、お母さんと一緒に食べるということだった。

『お夜食処あさひ』で出会ったお客さんたちは、みんな、ごはんを食べることで心がほぐれ、秘めていた思いを解き放つきっかけになっていた。

だから私も、今日は家でお母さんと一緒に夜ごはんを食べよう、と思った。今まで家ではやったことのなかった料理をすれば、きっとお母さんは驚いて『どうして』と訊ねてくるだろう。そうしたら、実は塾には行かずにアルバイトをしていた、という秘密も打ち明けやすくなる。

そうして、ごはんを食べながら、これまで秘めていた気持ちを、ちゃんと話すのだ。

最後のお客さんが帰り、閉店作業もおおかた終わったあと。

私は朝日さんに、「ひとつお願いがあるんですけど」と声をかけた。

「何か私でも簡単に作れるような料理を教えてくれませんか」

そう訊ねると、朝日さんは軽く眉を上げて、なんだか嬉しそうに笑った。

なんで嬉しそうなんだろう、と考えて、もしかしてと思い当たる。そういえば私のほうから料理を教えてと頼むのは初めてだった。

バイトを始めてからたくさんのことを学ばせてもらったけれど、いつも彼のほうから口を開いて教えてくれて、私はそれを聞くだけだった。

特に料理に関しては自信がなかったこともあり、また、ど素人な私が教えてほしいなんて頼んだら時間をとらせてしまうという遠慮から、朝日さんが教えてくれるのならなんでも知りたいし吸収したいと思って必死に覚えたけれど、自分からはなかなか言い出しにくかったのだ。

「そうだなあ、ポトフなんてどう?」

「ポトフ…… ですか」

これはまた難しそうな料理を。そんな私の心の声が聞こえたのか、朝日さんが「ははっ」と噴き出した。

「たしかに日本の家庭料理としてはまだあんまりメジャーじゃないから、難しそうなイメージがあるかもしれないけど、意外とシンプルな料理なんだよ」

「そうなんですか?」

「簡単に言えば、野菜と肉を大鍋にぶち込んで、ひたすら煮込むだけだ」

そう聞くと、たしかに簡単そうにも思えるけれど。

「包丁……さすがに使いますよね」

そう訊ねると、朝日さんがにんまり笑った。

「さすがに使うな」

「ですよね……」

「やめとく?」

窺うように訊ね返されて、私はきゅっと口を結んだ。

正直、自信はない。バイトをしながら、まかない作りや、お客さんに出す料理の下準備を手伝う中で、何度か包丁を握る機会はあり、おかげで少しずつ慣れてきているとは思う。それでもまだ全然下手くそで、細かく切ったり、難しい形に切ったりするのは無理だ。

——だけど。

「いえ……やってみます」

私がそう答えると、朝日さんが「よく言った！」と手を打ち、ぐっと親指を立てた。

自分でも驚いている。あんなに失敗を恐れていた私が、きっと上手くはいかないだろうと分かっているのに、やってみようと思えるようになったなんて。

私が変わったわけではない。私は相変わらず要領はよくないし、不器用だし、あがり症ですぐにパニックに陥ってしまう。お客さんがたくさん来て注文が立て込んだりすると焦って、料理を運ぶテーブルを間違えたり、水を出すのを忘れたり、お皿を落として割ってしまったこともある。

それでも、失敗してもいいかと思えるようになったのは、朝日さんのおかげだ。

私がどんな失敗をしても、お腹を抱えて大笑いして、なんでもないことのように笑い飛ばしてくれる朝日さんのおかげで、私は少しずつ、失敗を恐れなくなった。たとえ失敗しても、誠意をもって謝ればいいし、やり直せばいい。そんなふうに考えられるようになった。

朝日さんはうきうきした様子で私にレシピを教えてくれる。私は、はい、はいと頷きながらメモをとる。

食べ物の話をするとき、誰かにレシピを教えるとき、朝日さんはとても嬉しそうな、楽しそうな顔になる。出し惜しみなんてしない。食材の素晴らしさを、料理の楽しさを広めることができるのが幸せでたまらない、というのが伝わってくる。本当に本当に料理が好きなのだ。

自分の好きなものを他の人も好きになることを、心から喜べるって素敵なことだなと思う。ひとり占めしないで、みんなで一緒に楽しみ、みんなで一緒に幸せになろうという気持ち。私も、そういう人になりたい。

「具材を切るところだけ頑張って乗り越えれば、あとはことこと煮込むだけ。野菜と鶏肉からたっくさん旨味が出るから、味付けはブイヨンと塩こしょうだけでいいんだ」

私はこくこくと頷いた。レシピを聞いているだけで、もうすでにおいしそうだ。口の中でじわりと唾液が増えた。

目の前のものをおいしそうと思える幸せ、ごはんがおいしいと感じられる幸せ、空腹感を覚える幸せ。私がいつの間にか忘れていた幸せを、『お夜食処あさひ』という場所が、ここを訪れたお客さんが、朝日さんが心を込めて作ってくれた料理が、彼の言葉が、思い出させてくれた。

そんな大事な場所を汚さないためにも、ずっと嘘をついて周りを騙してまで現実逃避してきた私は、今夜、向き合うべきものに向き合う。

朝日さんが教えてくれた料理が、きっと私を勇気づけてくれるはず。

＊

スーパーに寄って食材を買ってから帰宅すると、お母さんの姿がなかった。

21時半。普段なら、お母さんがこんな時間に家を空けることはないはずだ。急ぎの買い物にでも行っているのだろうか。買い忘れなどがあったのかもしれない。

とりあえず下ごしらえを始めようと、キッチンに入り野菜を洗う。水の冷たさに背中がぶるっと震える。

そのあとはまず皮剝きだ。調理台の引き出しをいくつか開けて、ピーラーを見つけ出した。

よし、と気合を入れて、まずはじゃがいもを手にとる。

バイトで下準備の手伝いをしているとき、じゃがいもを任されて、こんなでこぼこした形のもの、どうやって綺麗に剝いたらいいのか分からないと途方に暮れていたら、『適当、適当』と朝日さんは笑って言ってくれた。

『芽は有毒だからきちんと取り除かなきゃいけないけど、皮はちょっとくらい残ってたって大丈夫！ なんなら皮ごと食べてもいいしな』

その言葉を頼りに、えいやっとピーラーの刃をじゃがいもに当てた。

ずいぶん皮が分厚くなってしまったけれど、なんとか剝けた。

にんじんはだいたいまっすぐなので、じゃがいもに比べればずいぶん剝きやすい。

そのあと、一口サイズに切っていく。『でかすぎても全然オッケー、むしろ食べ応えがあって旨い』という朝日さんのアドバイスを、心の中で呪文のように反芻する。

猫の手、猫の手、と念じなくても、もう左手は食材に添えるだけで自然と丸くなる。朝日さんに比べれば5倍くらいは時間がかかったし、形も不揃いだけれど、それっぽい感じに切れたと思う。

たまねぎとキャベツはバイトで何度も切ったので、わりとスムーズに終えることができた。

よし、次。買ってきた鶏肉のパックを開封する。取り出した手羽元をバットに並べて、塩こしょうを振って――。

「小春！」

突然真横から声がして、驚きのあまり塩こしょうの容器を落としそうになった。目を向けると、お母さんがリビングの入り口に立ち、険しい表情で私を見ている。

「いつ帰ったの？」

「え……っと、30分くらい前かな……」

私は壁の時計をちらりと見て答える。

「……どこに行ってたの？」

お母さんがじっと私を見てさらに問いかけてくる。

「じゅ……」

塾だよ、もちろん。そう答えようと反射的に思ったものの、もう嘘はつかないと決めたんだった、と思い出して、口をつぐんだ。それに、お母さんの顔色を見て、そんな言い訳は通用しないらしいと悟る。

「塾じゃないでしょう？」

案の定、お母さんは硬い声で言った。

どうやらばれてしまったらしい。手の力が抜けて、塩こしょうの容器がかたんと調理台の上に落ちて倒れた。

黙り込んでいたら、お母さんがはあっと深い溜め息をついた。

「ちょっとこっちに来なさい」

「はい……」

ダイニングテーブルに向かい合って座る。緊張で背中がじわりと汗ばんだ。

「……6時ごろかな、塾に電話してね、『大事な話があるから、今日は自習はそこそこにして早めに帰ってきてと小春に伝えてください』って頼んだら、ずっと休んでますよって言われて……」

お母さんがじろりと私を睨む。

「それでびっくりして、もしかして陸上部の練習が忙しいのかと思って学校にも電話したら、部活はやめましたって……」

ここまできたら、無駄にあがいたりせず潔く罪を認めて、自分から謝るのが先決だと考える。

私はお母さんに向かって頭を下げた。

「塾をさぼってごめんなさい。部活を勝手にやめてごめんなさい。本当に、ごめんなさい」

でも、お母さんは、「それは別にいい」と即答した。

意味が分からなくて、私はぽかんとする。

「塾や部活のことは別にいいの。人間なんだから当然、休みたいことだって、やめたいことだってあるわよ」

「え。え……？」

だって、そのことを怒っているんじゃないのか。どういうことだ。

混乱して言葉を失っていると、お母さんは悲しそうに顔を歪めた。

「お母さんが怒ってるのはそのことじゃないの。なんで怒ってるか分かる？」

私はぼんやりと首を横に振った。

「……育て方を間違ったのね」

ぽつりと落ちたお母さんの呟きが、胸にぐさりと刺さる。

育て方を間違った。そうだ、私ができそこないの落ちこぼれだから。

唇を噛んでこらえていると、お母さんはさらに悲しそうに続けた。

「こういうとき、どんな理由で親が怒るのか、分からないような育て方を、私はしてしまったのね。……ごめんね、小春」

なぜか謝られて、私は事態を呑み込めずに唖然とする。

「どういうこと……？　なんでお母さんが謝るの？」

お母さんがぐっと口を結び、それから唐突に、

「心配したのよ！」

と叫んだ。苦しそうに歪んだ顔に、私は驚く。

「小春が親を心配させるようなことしてたから、怒ってるの。てっきり塾で勉強して

るものだと思ってた娘が、実はもう3週間も塾に行ってなかった、部活もやめてたって突然知らされた。それなのに当の本人は毎日遅くまで家に帰ってなかった、今日だって家にいないのに塾にもいなかったのよ。どこに行ってるのか、誰かといるのか、それともひとりなのか、危険な目に遭ったりしてないか、なんにも分からないんだから、心配するに決まってるでしょう！」

そこまで言われてやっと、どうしてお母さんが怒っているのか、理解した。理解したけれど、納得はできない。

たとえばドラマや小説で同じような展開があれば『心配する親の気持ち』は想像がつくけれど、まさかそれが自分の身に起こるとは思えない。

だって、なんでお母さんが、私のことを心配するの？

「……私のことなんて、どうでもいいんじゃないの……？」

思わずもれてしまった本音に、お母さんが目を見開いた。

「なんで……なんでそんなふうに思うの……？」

お母さんの唇はわなわなと震え、同じように声も震えている。

私はごくりと唾を飲み込み、小さく答えた。

「……私が、高校受験、失敗したから……」

「そんなこと！」

お母さんが私の言葉を遮り、悲鳴のような声で叫んだ。

「そんなことで、我が子のことがどうでもよくなんて、なるわけないじゃない！」

「……なんで？」

私の声も震える。

「私ができそこないの落ちこぼれだって分かったから、私に失望して、私のこと諦めたんじゃないの？」

「ああ……」

お母さんが俯き、今度は溜め息のような声をもらした。

「……そんなふうに、思わせちゃってたの？」

ゆっくりと目を上げたお母さんの顔を見て、私は言葉を失う。

「ごめんなさい。ごめんなさい、小春……」

お母さんの涙を見たのは、初めてだった。

＊

それから私たちは、話をした。

まずは私が、ずっと胸の中で抱えていた思いを。そして次にお母さんが、私に言えずにいた事情を。


お母さんは実は今までずっと、お父さんと離婚の話を進めていたらしい。

もともと関係は冷え切っていて、私とお姉ちゃんのいないところで何度もけんかしていたそうで、数年前から離婚を考えていたのだという。

「でも、経済的なことを考えると、やっぱり踏み切れなくて……。『私さえ我慢すれば、秋奈と小春にお金の心配はさせなくてすむから』って……」

そんなお母さんが離婚を決意したきっかけは、お父さんが不合格だった私に鞭《むち》打つようなことを言ったのが許せなかったから。

『西高だって？　外で名前を口に出すのも恥ずかしいな』

私が二次募集で合格できたと告げたら、お父さんは吐き捨てるようにそう言った。

「その日の夜、どうして我が子にあんなひどいことが言えるのって責めたらね、『自分の子になんと言おうが俺の勝手だろう』って。でも私はどうしても許せなかった……小春に謝ってって言ったら、へそを曲げて家に帰ってこなくなったのよ」

それで、これ以上はもう我慢できない、離婚しようと決めたけれど、お父さんがなかなか帰宅せず、たまに帰ってきても自室にこもり、電話にも出ないので、話し合いもできない。

そのストレスでお母さんは眠れなくなり、食欲も落ち、精神的に参っていて、さらに更年期の症状も加速したことで、最近は洗濯や掃除などをこなすだけで精一杯、料理をする気力すらなくなっていたという。

『お夜食処あさひ』で料理の楽しさとともに大変さも知った私には、お母さんの気持ちはよく分かった。精神的にも身体的にも余裕がないと、料理は楽しめない。

「でも、お母さんも、私が北高に落ちたとき、落ち込んでたよね……」

この際、気になっていたことや言いたいことは全て打ち明けてしまおうという気持

ちになり、私はそう訊ねた。するとお母さんは、目を見開き、
「当たり前でしょう。そりゃあ落ち込むわよ。だって娘が悲しむのなんて見たくない
じゃない。それに、ずっと頑張ってる姿を見てきて、心から応援してたからこそ、合
格を願ってたからこそ、ショックを受けるし残念に思うのは当然でしょう。親ならみ
んな落ち込むわよ」
それからお母さんは悲しげに目を細めた。
「……でも、そうよね。いちばんショックを受けてる小春の前で、お母さんが自分の
そういう気持ちを顔に出すべきじゃなかったわね。『大丈夫、なんとかなる、落ち込
まないで』って励まして支えるべき立場なのに、自分の感情だけで手一杯になっちゃ
って……」
今さら後悔したって遅いわね、とお母さんが呟いた。
「……『浪人なんてみっともない、世間体が悪い』って言ったのは？」
私がそう小さく問うと、「あれは……！」とお母さんが顔を歪めた。
「……違うわ。あれは、お父さんが『北高に受かるまで何年でも浪人させろ、死ぬ気
で勉強させて、もう一度受験させろ』なんてひどいことを言うから、なんとか説得し

たくて……。お父さんは世間体を気にする人だから、そう言えば考えを変えてくれるだろうって、方便として……」

「そう、なの……？」

「そうよ。まさかあなたに聞かれてたなんて思わなかったわ……。嫌な思いをさせてごめんなさい、小春……」

お母さんは何度も溜め息をつき、唇を嚙みしめた。

あの言葉は、夜中に目が覚めて、トイレに行こうとしたときに、お父さんとお母さんが話しているのを聞いてしまったのだった。お母さんは私のことをそういうふうに思っているのかとショックを受けたけれど、まさか、お父さんを説得するためだったなんて。

私にとっては、自分が想像していたのとは180度違うお母さんの本音に、驚きを隠せない。

「……じゃあ、なんで、西高に行くのが決まってすぐに、塾の資料とか持ってきたの？」

そんなことをされたら、高校受験に失敗したから、これから死ぬ気で勉強を頑張れ、と言われているように感じてしまうではないか。

お母さんは私の問いかけに心外そうな顔をした。

「だって、小春、これから大学受験に向けて頑張らなきゃって言ったでしょう」

「え……っ」

そういえば、そんなことを言った気がする。それは、自分の本心というよりは、お母さんたちを失望させてしまったから、なんとか失敗を取り返さなければという焦りから、そして『もっともっと頑張るから、まだ私を見放さないでほしい』という思いからこぼした言葉だったけれど。

「それを聞いてお母さんは、ああそうか、小春なりに挫折を乗り越えて前に進もうとしてるんだな、悔しさをばねにして勉強を頑張ることにしたんだなって思ったのよ。それならお母さんは親としてできる限りサポートしなきゃって、ネットで調べたり、ママ友に情報を訊いたりして、必死に資料をかき集めて……」

私とお母さんは顔を見合わせ、同時に深く息を吐く。

「全部お互いに誤解して……」

「やることなすこと裏目に出てたのね……」

もう一度溜め息をつく。

あまりにも長く深いすれ違いがあったことを思い知らされて、私もお母さんも、しばらくなんにも言えなかった。


「――そういえば、大事な話って、なんだったの？」

ふたりして言葉もなく10分ほど呆然としてから、私はふと思い出して訊ねる。わざわざ塾に電話してまで早く帰ってきてほしかった理由はなんなのだろう。

お母さんが、「うん……」と小さく頷き、姿勢を正した。

「お父さんがね、やっと、離婚を承諾してくれたの」

「え……っ」

「お父さんが拒否してるうちはどうなるか分からないし、そんな状態で話しても不安にさせちゃうだけだから、小春と秋奈にはまだ黙っておこうって思ってたんだけど、これから本格的に協議を進めていくから、ちゃんと話しておかなきゃって思ってね」

「そうだったんだ……」

離婚。まだ全然、実感が湧かない。

お父さんは、私が小さいころから平日は仕事や飲み会で、休日は接待ゴルフや趣味のために家を空けることが多く、授業参観や運動会にも来たことがなかった。たまに家にいても、いつも険しい表情をしていて話しかけづらく、そんなふうだから、正直なところ、いてもいなくても変わらない存在で、そんなに思い出も思い入れもない。

ただ、物心ついたころからずっと当たり前に『家族』の枠に入っていた人が、突然枠外に出ていくのだと思うと、なんともいえない不思議な感覚になる。

「小春がお父さんについていくか、お母さんについてくるかは、あなたの判断に任せるわ」

お母さんが静かに言った。

「もちろんお母さんとしては一緒に来てほしいけど、お父さんと一緒のほうが経済的には安心だから……」

私は、高校受験のときのことを思い出していた。私を見下ろすお父さんの、生ごみでも見るようなまなざし、恥ずかしいという言葉。きっと一生忘れられないだろう。

それに、離婚と聞いたとき、私は当たり前に『お父さんがひとり枠外に出る』ことを想像した。

それがなによりの答えだと思う。だから、

「お母さんがいい」

私はきっぱりと答えた。

お母さんがほっとしたように笑い、でも次の瞬間には申し訳なさそうな顔になる。

「でも、お母さんといたら、不自由な生活になるわよ。もちろん仕事を探してるけど、結婚してからずっと専業主婦だったし、充分な稼ぎのある職につける保証なんてないもの……」

「それでも私はお母さんがいいよ」

私は再びきっぱりと答える。お母さんがまだ不安そうに続ける。

「収入が少ないと、大学選びもかなり限られちゃうわよ。下宿は難しいかもしれないし、好きな大学や好きな学部に行けないかも……それに、私大には行かせてあげられないと思う」

「そんなの、大学に行くかどうかもまだ分からないし、どうしても行きたかったら、自分で働いて稼げばいいもん。今のバイト先なら、長く続けられそうだし」

「バイト？　バイトですって？」

予想外の言葉に驚いたというように、お母さんが声を上げた。

「うん。実はね、部活やめて塾さぼって、その時間に、ごはん屋さんでバイトしてたんだ」

そう言ったとたん、ぐうう、とお腹が盛大な音を立てた。『お夜食処あさひ』のことを思い出したら、急にお腹が空いてきた。私は思わず、ふふっと思った。

「……とりあえず、続きはごはん食べてから話しましょうか」

お母さんもふふっと笑って言った。

「まだまだ聞かなきゃいけないことがいっぱいあるみたいだし？　何かごはんになりそうなものあったかしら……」

お母さんがキッチンのほうに足を向けたので、私はそれを手で制して告げる。

「ポトフでよかったら、すぐできるよ」

「は……？」

お母さんはぽかんとして私を見つめる。何を言っているのだと言いたげな顔。それもそうだ、なんといっても私は、一度も家で料理をしたことがないのだから。

「バイト先のお店でね、教えてもらったの。きっとすごくおいしいよ。この世でいちばんあったかくて優しいごはんになると思う」

私は口許や頰が緩むのを感じながら言った。

「よかったら、お母さんも一緒に作ろうよ」

お母さんはしばらく啞然としていたけれど、カウンター越しにキッチンの中を覗き込み、散らばった食材を見て、あははっと笑った。

「ほんと、子どもって、親の知らないところでどんどん育つのね……」

その目には、涙がきらりと輝いていた。

*

「もう少し細かくしてもいい？」

私が切り分けた食材を見て、お母さんがそう言った。

「もう遅いから、あんまり煮込んでいられないでしょう。にんじんとじゃがいもは、もう少し小さめにしたほうが時間短縮になるから」

「あ、そうだよね、たしかに」

私は時計を見てこくこくと頷いた。ずいぶんたくさん話をしたから、もうすぐ23時になろうというところだった。

「じゃあ、お母さんはこっちをやるから、小春はお肉のほう、お願いね」

「うん、分かった」

調理台にふたり並んで、食材の準備をする。

「……こんなにちゃんと料理するの、久しぶりだな……」

とんとんと小気味いい音を立てて包丁を使いながら、お母さんがぽつりと言った。

「昔は好きだったのにね。いつの間にか、作る楽しさや食べてもらう喜びよりも、億劫だって気持ちが大きくなってきて……」

小さな溜め息が聞こえてくる。私は鶏肉に塩こしょうをまぶしながら、ちらりと隣を見た。

「いつも怠くて、疲れてて、長時間キッチンに立つ気力がなくて、もう何ヶ月もまともに料理をしてなかった……」

私は手を動かしながらも、こくりと唾を飲み込み、意を決してそっと訊ねる。

「……私のために作るのが、嫌だったわけじゃない？」

お母さんがはっと目を上げた。包丁の音が止まる。

「そんなこと思ってないわ」

驚いたような、ショックを受けたような顔をしていて、そんなことを訊いてしまったことが申し訳なくなった。でも、ずっと思っていたことだったから、確かめずにはいられなかったのだ。

お母さんが手許に視線を落とし、ぽつぽつと呟く。

「ただ、気持ち的にも身体的にもきつくて、楽をしたかっただけ。……小春は優しいから、それでも文句ひとつ言わないから、甘えちゃってたわね。ごめんね」

「楽してたとか甘えてたなんて思わないよ」

私は慌てて首を横に振った。

「甘えって言ったら、料理をしないのが悪いことみたいに聞こえる……」

上手く表現できないことに歯がゆい思いをしながら、必死に言葉を続ける。

「疲れてたり、悩んでたりするときに、料理する気になれないのは、当然だよ。私、これまで、ごはんを作ってもらうのが当たり前だと思ってて、お母さんが作ってくれてることに感謝したこともなかった……本当にごめんなさい。だけどね、バイト始めてから、料理って本当に大変だって分かった。お母さんがどれだけ頑張ってくれてたのか、やっと分かった」

「小春……」

お母さんが目を見開いた。その目じりがきらりと光る。

「ごはんって、ぱっと出来上がるものじゃないんだよね。洗ったり、切ったり、下ごしらえしたり、煮たり焼いたり、味つけしたり……本当に手間がかかる。簡単な料理でも、手間も時間もかかる。心も身体も元気なときなら、何か作ろうかなって思えるけど、そうじゃないときは、億劫に感じて当然だと思う」

朝日さんのもとでたくさんの料理を見て、少しだけれど手伝ったり自分でも作ったりしてきた。それらをひとつずつ思い返しながら、言葉を続ける。

「無理してまでやることじゃない。楽しいって思えないのに義務感でやってたら、つらくなるよね。当たり前だよ、やっと分かった。きついときは料理なんてしなくていいと思う。今はどこでもごはん買えるし」

お母さんがふふっと笑って目許を拭った。具材を切り終えた手を洗いながら、ありがとうと囁く。

「そんなふうに言ってくれてありがとね、小春。でも、これからは、もっとちゃんとやるわ。お父さんとのことも先が見えてきて、これからは身の回りのこともちゃんとやる気力が出てきたの」

私はそっかと呟き、一瞬の逡巡ののち、口を開いた。

「……お弁当とかも、今日はきついから作らない！　って言ってくれていいよ。そう言ってもらってたら、『そっか、分かった、自分で買うね』って思えるよ。……それがなかったから、お姉ちゃんには作ってたのに、私のためには作りたくなかったのかなって、思っちゃった……」

お母さんが「えっ」と声を上げ、大きく見開いた目で私を見る。

「そんなことない、そんなわけないじゃない……」

私がごめんと謝る前に、お母さんの手が伸びてきた。

「そんなふうに思わせちゃって、ごめんね、ごめんなさい……」

柔らかい両腕が、私をぎゅっと抱きしめる。

ああ、あったかい。私にとって、世界でいちばんあたたかくて優しい腕。すっかり

　気がつくと、涙がぽろぽろこぼれていた。お母さんの指が私の頬を拭う。

「……ちなみに、朝ごはん、いつも一緒に食べないのは……？」

「お母さん、更年期になってから熱っぽくて怠くて、あんまり食欲がなくて。それに小春と同じでもともと朝が弱いから、特に起きてすぐは、朝ごはん食べる気が起きないのよ」

「そうなの？　言ってよ……一緒に食べたくないんだと思っちゃってたよ」

　お母さんも朝が弱いなんて、初耳だった。いつも朝早くから家事をしているから、寝起きがいいのだと思っていた。頑張って起きていたのか。

「そうね、言うべきだった。親だから、朝が弱いとか甘えたこと言っちゃいけないって思ってた……。誤解させて、寂しい思いをさせて、本当にごめんね」

「それに、私には、朝ごはんはいちばん大事って、ちゃんと食べろって言ってたのに……」

「たしかにね……ごめんなさい」

　お母さんがふふっと笑った。

「親って、自分の健康より子どもの健康のほうがずっと大事なのよ。自分のことはさておき、子どもにだけはちゃんとしてほしい、ちゃんと体調管理してあげなきゃって思って、口うるさく言いたくなるのよね……。でも、自分はできないくせに子どもにはやれって言うのはおかしいわね。今さら気づいたわ……ごめんなさい。頭ではちゃんとやらなきゃって分かっててもできないこと、あるわよね」

「うん……」

お母さんも人間なんだな。そんな当たり前のことを思う。

人間だから、悩んだり落ち込んだりするし、疲れていたらやる気がなくなるし、やらなきゃと思っていてもできないこともある。

話してよかった、と強く強く思う。

話さなければ分からないことが、こんなにもたくさん、たくさんあったのだ。

「……よし、ごはん、作ろうか」

「うん」

私たちは少し照れた笑いを浮かべ、再び調理台に向き合った。

鍋にサラダ油を入れて熱し、手羽元を焼く。

両面にこんがりと焼き色がついたら、鍋の中に水をたっぷり注ぐ。ブイヨンを入れて蓋をして、弱火で15分煮る。

にんじんとじゃがいもを加えて、再び15分。

たまねぎとキャベツを加えて、さらに5分。弱火でことこと煮込むことで、具材からじわじわと旨味が抽出される。

透明だったスープが、だんだん濁ってくる。これが、野菜とお肉の旨味がしっかりスープに滲み出している証拠。

最後に塩こしょうを振って、深めのお皿に彩りよく盛り付けたら、完成だ。おでんのからしみたいに、お好みで粒マスタードを添えるのもあり。

慣れない料理を、慣れない手つきで、あたふたしながら作っているうちに、すっかり夜は更けた。

深夜の静けさの中で、私とお母さんは向かい合わせに座り、手を合わせる。

「いただきます」

「いただきます」

目の前のお皿には、お世辞にも上等とは言えない、できそこないの落ちこぼれみたいなポトフ。

自分で皮を剝き、おそるおそる切った野菜は、形も大きさもばらばらで、笑えるくらい不恰好だった。

でも、不恰好だって、みっともなくたっていいのだ。味さえおいしければ。

『飯なんて、旨ければなんでもいいんだよ』

あっけらかんと言う朝日さんの声が聞こえた気がして、私は思わずくすりと笑った。

大きな銀のスプーンで、ほくほくのじゃがいもをすくい上げる。

口に含むとほろほろと崩れて、ちょっと土っぽい味がして、それから野菜とお肉の旨味が飛び出してきた。

おいしい。ごはんって、おいしい。

そして、ごはんの栄養を取り込もうと、お腹がぐるぐると動き出す。

止まっていた時間も、動き出す。

これまでの悲しみやつらさを消化・吸収して、過去の自分にさよならを告げる、そして新しい未来へと歩みだすきっかけになる、そんなごはんだった。

さあ、私たちの本当の夜は、これからだ。

5
章
食べてほしい

終礼のあとすぐに学校を出て、まだ明るい道を『お夜食処あさひ』へと向かう。

毎日毎日どんよりした気持ちで、薄暗い中急ぎ足で歩いていた道を、今は景色を楽しみながら、ときどき深呼吸をしながら、ゆっくりと歩いている。

高架下のトンネルをくぐって、商店街の歩道を進み、店のドアに手をかけるとき、なんともいえない力が湧いてくる。

バイトのシフトは、今は週3日か4日だ。お母さんと話し合って、塾を続けることにしたからだ。

不思議なことに、行かなきゃいけないと思わなくなったら、行きたくないという気持ちはふつりと消えた。大学受験に向けて、早めに準備をするに越したことはないし、それならばちゃんと塾に通って勉強しようと思うようになった。

ただ、これまで自習のためだけに行っていた日は、気分転換のためにも、塾ではなくバイトに行くことにした。

今日はバイト、明日は塾と交互に行く。それが私にとっては、とても心地いいリズムなのだった。


「こんにちは」

入り口のドアを開けると、今日も朝日さんが笑顔で迎えてくれる。

バックヤードで着替えて、エプロンを腰に巻きながら厨房に入ると、朝日さんがシンクでごぼうを洗っていた。

「今日は何を作るんですか？」

「今夜は冷え込むらしいから、具だくさん豚汁にしようと思って」

「具だくさん豚汁！　名前聞いただけでおいしそうです」

「だろ？　豚汁の具は入れれば入れるほど旨いからなー、やっぱり」

朝日さんが嬉しそうに言いながら、ごぼうを私に差し出す。

「ささがき、やってみる？」

「ささがき！　難しそう……」

家庭科の教科書にのっていたから、だいたいのやり方は頭では理解しているものの、普段の包丁の使い方とは全く違うし、まな板という支えもない中で食材を切るというのは、かなり怖いなと思う。

「でも、やってみたいです」

そう答えると、朝日さんがにんまりと笑った。

「いいねえ。その意気、その意気！」

「失敗したらごめんなさい……」

「大丈夫、大丈夫。どんなになっても、他の料理で使えるから」

私は左手にごぼうを、右手に包丁を持ち、「他の料理」とおうむ返しをする。

「そうそう。明日のランチはごぼうのポタージュを出そうと思ってるんだ。だから、もしささがき失敗しても、ミキサーにかけちゃえば問題ない」

「なるほど……」

もし失敗しても、完全にだめになってしまうわけではない。失敗を生かせる他の道を探せばいいのだ。

「あ、そういえば、学校から許可証もらえました」

朝日さんに教えてもらいながらごぼうのささがきと奮闘している最中、ふと思い出してそう告げた。先日、担任の先生にアルバイト申請書を提出して、今日無事に許可が下りたのだ。

「おっ、よかったじゃん」

と彼が笑顔で親指を立てる。

「はい。これで安心して働けます」

もしもお母さんや学校に知られてしまったら、朝日さんに迷惑がかかるかもしれない。この店で働きながらもずっと胸の中にあった心配がなくなって、すっきりとした気分だ。やっぱり、嘘をついたり、ごまかしたりしながら生きるのは、自分の心にとってもよくないことなのだなと思う。

「じゃあ、改めまして。小春さん、これからもよろしくな」

朝日さんが言うので、私は慌てて深々と頭を下げた。

「こちらこそです！　まだまだ未熟者ですが、よろしくお願いします」

今さらながらにそんな改まったやりとりをしていることがおかしくて思わず笑うと、彼もあははと笑った。

バイトの契約書の保護者印は、自分で押したものだったんです、ごめんなさい。そう朝日さんに打ち明けたとき、「そんなことだろうと思ってた」と彼は大笑いした。叱られるかもしれないと思っていたのに、そんな反応だったので、驚いた。分かってたんですか？ と訊ねると、薄々な、と返ってきたので、さらに驚いた。

「でもまあ、なんか事情があるんだろうなっていうのは感じたし、しばらく様子見ってことにして、1ヶ月したらちゃんとそのへん聞こうと思ってたんだよ。もし未許可なら改めて親御さんと話してみるように言って、それでもしも許してもらえないようなら俺から電話して、お願いしようかなって」

「……どうしてそこまで？」

もとはただのお客さんで、しかもお金を払ったわけでもなくただただご馳走になっただけで、いきなり働かせてほしいと言った私に、どうしてそこまでしてくれるのか。首を傾げる私に、朝日さんはふっと目を細めて、

「君が、息抜きできる場所を求めてる気がしたから」

と答えた。

「君がこの店をその場所に選んでくれたなら、それを受け入れるのが、大人の役割だ

からね」

朝日さんがくれたその言葉を反芻していたとき、入り口のドアがゆっくりと開いた。

「――あいてますか？」

隙間から顔を覗かせた小柄な女の子が、凍えたような声で言った。ノブを握りしめる手が、かたかたと細かく震えている。

今夜この店に『呼ばれた』お客さんは彼女だと分かった。

「いらっしゃいませ」

「いらっしゃい。どうぞ入って」

私と朝日さんは、最大の笑顔で彼女を迎えた。

あなたにも食べてほしい。

あなただけのための『さよならごはん』を。

あなたの本当の夜は、これから始まるのだから。

この作品は二〇二三年六月Amazon オーディオブック Audible で
配信されたものに、加筆・修正した文庫オリジナルです。

さよならごはんを今夜も君と２
2024年春発売予定！
悩みに押しつぶされそうな日は、「お夜食処あさひ」に寄っていきませんか？
料理をつくる朝日さんの秘密、アルバイト小春ちゃんの淡い恋……。
元気と希望を届けてくれる感動の第２弾。
さよならしたい過去、さよならしたい悩み。
さよならしたい後悔、さよならしたい自分。
お別れしたいものがある方へ贈ります。
Shiomi Natsue

さよならごはんを今夜《こんや》も君《きみ》と

汐見夏衛《しおみなつえ》

令和5年8月5日　初版発行

発行人――石原正康
編集人――高部真人
発行所――株式会社幻冬舎
〒151-0051東京都渋谷区千駄ヶ谷4-9-7
電話　03(5411)6222(営業)
　　　03(5411)6211(編集)
公式HP　https://www.gentosha.co.jp/
印刷・製本―株式会社　光邦
装丁者――高橋雅之

検印廃止
万一、落丁乱丁のある場合は送料小社負担でお取替致します。小社宛にお送り下さい。
本書の一部あるいは全部を無断で複写複製することは、法律で認められた場合を除き、著作権の侵害となります。
定価はカバーに表示してあります。

幻冬舎文庫

ISBN978-4-344-43310-6　C0193　し-49-2